아내의 시간

글과 사진 이안수

남해의봄날 ❋

아내를 만나 연애를 하고 결혼 생활을 하는 동안 우리 부부는 자주 떨어져 지냈습니다. 군대와 유학과 일 등의 이유로 떨어져 지내다가 아내의 정년퇴직으로 함께하는 시간이 다시 시작되었습니다. 13년 만입니다. 같은 공간에 기거하지만 일상은 크게 달라지지 않았습니다. 한집에서 각자의 시간을 보냅니다. 나는 오래된 사진과 노트를 꺼내 지난 시간들을 정리하고 아내는 명상을 하고 그림을 그리고 산을 오르며 앞으로의 날들을 준비합니다.

얼마 전 아내가 서울을 떠났습니다. 사랑을 품었던 그곳을 향해 한 발 한 발 나아가고 있습니다. 오래전부터 계획했던 '집으로 가는 길' 프로젝트입니다. 300킬로미터 밖, 그때의 집을 향해 걷는 시간 속에서 무엇을 얻었고 얻은 것을 어떻게 놓아야 할지 궁리하고 있습니다.
아내의 나이 예순둘입니다.
아내가 없는 아내의 집에서 우리가 만났던 해 아내가 쓴 노트를 펼쳐 보았습니다.
'무서운 열병에서….'
오래된 노트 첫 장에서 발견한 문구입니다. 1978년 그날, 지난날들에 긴 획 하나를 그어 지우고 아내는 이렇게 썼습니다.

'모든 것은 백지였습니다.'

마음속에 불이 지펴지고 그 이전의 시간은 모두 이렇게 지웠습니다. 그리고 '지배하거나 복종하지 않고도' 무엇인가 이룰 수 있는 사랑을 시작했습니다.

아내의 나이 열아홉이었습니다.

이 책은 그 사이에 있었던 '아내의 시간'이자 곧 '우리의 시간'을 담았습니다.

지난 40여 년의 시간이 또 누군가의 '오래된 미래'가 될 수 있기를 바랍니다.

2021년 10월 12일

북한산이 보이는 아내의 집에서

이안수

부부의 시간

✳   13년 만에 아내와 함께 사는 연습을 하게 되었습니다. 나는 여행자를 위한 북스테이 모티프원을 짓고 운영하며 파주 헤이리에 살았고, 아내는 직장 생활을 위해 서울에 집을 구해 살았습니다. 각자의 사정으로 떨어져 살고 있는 동안 언론 매체와 사람들은 이런 삶의 형태를 '졸혼'이라 일컬었습니다. '혼인을 졸업하다'라는 의미의 졸혼은 우리 부부 삶에 맞지 않다고 거듭 설명했지만, 사람들은 그렇게 소비하는 것을 더 좋아하는 듯했습니다.

한 가지 분명한 것은 함께 살지 않는다는 사실이었습니다. 그것이 다시 함께 사는 형태로 바뀌리라고는 우리 부부도 예상하지 못했습니다. 아내의 퇴직과 코로나19 유행이 시간을 앞당겼습니다. 막 은퇴한 아내가 긴 여행에서 돌아올 때 마중을 나섰다가 나 역시 아내 집으로 따라가 함께 생활하게 되었습니다.

은퇴한 아내는 헤이리로 돌아가는 대신 서울에 남기를 원합니다. 홀로 살아온 북한산 인수봉이 가깝게 보이는 35만 원짜리 월세방을 마음 닦는 도량으로 삼고 싶어 합니다. 고개를 돌리면 도봉산 선인봉까지 아울러 보이는 이곳이 나도 참 좋습니다. 재개발에서 제외된 곳이라 주로 어르신들이 사셔서 마을이 조용하고 리듬이 느려 좋습니다. 어느 약학대의 약초

원이 인접해 흙과 녹색의 공간은 덤입니다.

아내는 은퇴 2년 전부터 열심히 은퇴 이후를 준비했습니다. 유럽에 살아 볼 계획이었죠. 그 나라 사람과 이웃으로 교류하는 일상, 그리고 검소한 삶을 위해 물질적 소비 밖에서 충만함을 구현하고 있는 세계의 공동체 마을을 경험하려는 계획도 있었습니다.

은퇴에 딱 맞추어 코로나19가 전 세계를 뒤덮었고 그동안의 준비는 무산되거나 기약이 없어져 버렸습니다. 그럼에도 다행스럽게 '서울-부산 국토 종단 자전거 여행', '섬살이' 등 국내 활동 계획 일부를 성취할 수 있었습니다. 더불어 불가능한 계획에 낙담하는 대신 몰두할 일을 찾았습니다. 민화와 스케치 공부입니다. 처마 밑에서 비를 긋듯 코로나19가 잠잠해지기를 기다리는 것이 아니라 그림의 기쁨에 젖어 드는 모습을 곁에서 지켜보았습니다.

나는 아내의 촘촘한 은퇴 계획을 지지하고 후원하는 입장이었지 함께 은퇴를 계획하지는 않았습니다. 하지만 코로나19로 연극을 하는 첫째 딸의 공연이 미뤄지면서 짬이 생겼고, 내 역할을 맡아 줄 기회로 작용했습니다. 아내는 계획과 달리 외국에 나가는 것이 불가능해졌고 나는 계획에 없던 딸의 도움으로 모티프원을 건축하고 운영하며 17년간 몰두해 왔던 일상에서 떨어져 나올 수 있게 되었습니다. 그런 면에서 우리의 동거는 순전히 팬데믹의 수혜인 셈입니다.

순조로울지는 알 수 없는 시작이었지만, 다시 함께 살아 보니 의외로 충돌보다 좋은 점이 많았습니다. 열정이 식고 부모와 아이들에 대한 의무도 어지간히 끝낸 시점이니 서로 상대를 대하는 데 여유도 생겼지만 무엇보다도 부부는 일심동체一心同體가 아니라 이심이체二心異體라는 사실을 알게 되었기 때문입니다. 또한 서로가 상대의 어떤 부분이 예각인지를 알고 있는 터라 함께 지내면서도 일정한 거리를 두고 어디쯤 경계석을 두어야 할지 압니다. 세상에는 부부 관계에 대한 통념이 있지만 우리는 그것에 기대고 싶은 마음이 없습니다. 사랑은 여러 가지 옷을 입고 있다는 것을 더욱 선명하게 느낍니다.

✻   아내가 5년 만의 종합건강검진을 내게 강제했던 이유는 혼자 사는 동안 폭식과 굶기를 반복하는 나쁜 습관의 결과를 염려해서였습니다. 아내는 검진에서 돌아오자마자 메신저 가족 단체 대화방에 결심을 밝혔습니다.

"엄마가 아빠 잘 모시기 작전 돌입. 식사, 고른 식단을 규칙적으로."

다행히 '특이 소견이 없다'는 의사의 말에 크게 안도했지만 별거 기간 동안 끼니를 챙기지 못했던 시간에 부담을 느끼는 것 같았습니다. 공표한 결심은 바로 실행에 들어갔습니다. 첫날은 된장찌개, 둘째 날은 비지찌개, 새해 첫날에는 떡국, 오늘은 고등어무조림입니다. 게다가 차와 커피, 과일 간식까지 챙깁니다. 설거지 거리를 늘리는 것은 죄스러운 일이니 냄비째 혹은 뚝배기째로 먹는 것은 내 고집입니다.

"밥알 하나 남기지 않는 습관은 할아버지 때문이었지요. 농사꾼 할아버지가 타작 뒤에 마당에 떨어진 벼 낟알을 하나하나 줍는 모습이 내 뇌리에 각인되었고 아버지도 식사의 마지막은 밥그릇에 숭늉을 부어 그릇에 붙은 밥알 반쪽도 싹 씻어 마셨으니."

둘만의 식사에 끼어들 방해 거리도 없으니 서두를 필요도 없습니다. 소소한 얘기들이 함께 식탁에 오릅니다.

"소식을 하기로 했잖아요? 이렇게 잘 먹어도 되겠소?"

"두 끼만 먹으니 넘치게 먹는 것은 아니에요."

별거 동안 해 주지 못했던 것들을 차례로 다 해 주고 싶다는 아내의 다짐을 듣고 일어서니 한 시간이 훌쩍 지나 있었습니다.

✳   "식사가 늦어 배가 많이 고프지요?"

빨래를 마친 아내가 창밖 새들의 아침 시간을 관찰하고 있는 내게 말했습니다.

"괜찮아요. 없이 살고, 적게 먹기로 했잖아요."

내 대답에 미소를 지으면서 말했습니다.

"또한 적게 자기로 했지요."

우리가 동거에서 고수하는 두 가지는 '간섭하지 않는다'와 '단순하게 산다'입니다.

버몬트 농가에서 자연의 리듬에 순응하는 '조화로운 삶'을 살았던 헬렌 니어링. 그의 〈소박한 밥상〉이라는 책은 최대한 요리를 하지 않는 법을 담은 요리책입니다. 우리는 먹는 것에 관해 이분의 생각과 실천을 따르기로 했습니다.

스콧과 헬렌처럼 비로소 두 사람만의 식탁에 마주하는 시간이 왔고 이는 오래전 결심을 살아 낼 기회의 도래를 의미하기도 했습니다.

아내가 두부를 두고 조림을 할지, 부침을 할지 물었습니다. 제3의 선택을 제안했습니다.

"두부로 이미 충분하니 데우기만 해서 간장과 함께 먹읍시다."

무간섭과 단순함은 일과의 디테일을 결정하는 원칙입니다. '밥상은 적게 차리고 음식의 조리 과정은 최대한 줄인다. 불가피하게 외식을 하면 남는 음식은 가져와서 다음 끼니로 삼는다'는 디테일은 위의 두 가지 기준 내에 드는 부수적인 것입니다. 조리 과정을 줄이는 것은 시간과 에너지 낭비를 줄이는 일인 동시에 원재료가 가진 생명력을 최대한 보존한 채로 섭취하는 것을 말합니다.

식탁 앞에서 아직도 간혹 '맛있다'는 소리를 하곤 합니다. 그러면 어떤 약속을 잊었는지 서로 상기시켜 줍니다. 우리가 먹는 모든 것은 누군가의 생명이니 생명을 두고 '맛있다, 맛없다'는 표현은 하지 않기로 했음을 말입니다. 첫 끼니로 아내가 내놓은 것은 '버섯된장떡국'이었습니다. 표고버섯을 끓인 물에 떡을 넣고 된장을 풀어 간을 맞추었습니다. 혀가 기억하고 있는 쇠고기 꾸미와 달걀지단을 얹은 사골떡국 맛과는 다르지만 이번에는 맛을 평하지 않았습니다.

침묵이 부담스러웠는지 아내가 말했습니다.

"하루하루의 작은 행위로는 당장 아무 변화가 없는 것 같지만 1년 뒤에 보면 내가 참 많이 바뀌어 있어요.”

“1년이 아니라 일생을 보면 그 결과가 얼마나 다르겠소. 그러니 작은 실천 하나는 작은 것이 아닌 거지요.”

“그래서 창밖의 새들이 오늘은 무엇을 하고 있던가요?”

“직박구리가 목을 빼고 처마 끝 얼음물을 마시고 있었어요.”

✱   아내는 아침 기상과 동시에 옆방으로 가서 108배를 하고 이어서 명상을 합니다. 혼자 살면서 반복해 온 일과입니다. 취침과 기상 시간도 아내가 두어 시간 빠릅니다. 내가 기상할 때는 이미 108배와 명상을 마친 상태입니다.

아내는 내가 몇 시에 취침하든, 몇 시에 기상하든 '그만 자자'거나, '그만 일어나라' 말하는 일은 없을 거라고 했습니다. 이 말에는 또 다른 말이 숨겨져 있음을 짐작할 수 있습니다. '그러니 당신도 나의 리듬에는 절대 간섭하지 말아 달라'는 뜻.

부부의 소통에서 사용 빈도수가 아주 높은 종결어미는 '~해라'와 '~하지 마라'이지 싶습니다. 자녀와의 관계도 마찬가지일 테지만 이 종결어미를 적게 사용할수록 수평적인 소통이 이루어지고 있는 가정일 것입니다.

이를 의식하고 있으면서도 일상에서는 자제가 쉽지 않습니다. 소중한 사람이니까 내가 좋다고 여긴 것을 자연스럽게 권하게 되고 그렇지 않은 것은 말리게 됩니다. 사랑이라는 이름의 강요입니다. 이것이 긍정적인 결과를 내는 대신 분쟁의 불씨가 된다는 것을 체험으로 알고 있습니다. 동거의 시작에 아내가 간섭에 대해 다시 쐐기를 박은 것은 내게 아는 것과 실행하는 것의 차이가 있음을 자각하게 했습니다.

아내는 방에 작은 부처상을 모시고 나는 책상 앞 책꽂이에 아내의 그림을 올려두고 모시며 '간섭 않기'의 다짐을 순조롭게 지키고 있었습니다. 하지만 아침에 평화가 깨지고 말았습니다.

아내는 내가 기상한 뒤에도 독경을 틀어 놓고 있었습니다. 무심코 "틀지 말라"고 말했습니다. 아내는 거절했고 나는 이유를 물었습니다. 아내의 대답은 단호했습니다.

"내 집이니까."

오후에 아내는 중단했던 화제를 먼저 꺼냈습니다.

"당신이 깨어 있을 때는 틀지 않을 참이에요. 아침에 잠시 독경 소리를 틀어 놓는 이유는 공간이 청정해지는 느낌 때문인데 그 소리 속에서는 글을 쓰거나 창의적인 생각을 진행시키기 어렵더라고요."

아내의 말에 내심 침입자로 여겨져 서운했던 마음이 청정해졌습니다.

✳ 아내의 은퇴 직후 합류했던 1차 섬 여행을 끝낸 뒤 아내 집에서 기약할 수 없는 기간의 동거를 시작했고 가까운 곳으로의 나들이를 제외한 여행은 자제하고 있습니다. 이곳에서 시작된 또 다른 여행 때문입니다. 바로 과거로의 시간 여행입니다.

대학생 때인 43년 전부터 사진을 찍었습니다. 당시 사진의 본질적 특성 즉, 그때의 '지금'을 그대로 고정시켜 주는 기능에 매료되었습니다. 시간의 속성은 흐르는 것이고 그 흐름에 따라 바뀌는 만물의 상태를 그 시간 그대로 고정해 다시 볼 수 있다는 효용을 재인식하게 된 것입니다. 같은 풍경도 마음 상태에 따라 매번 다른 모습으로 다가와 다른 감흥을 불러일으키므로 이런 내 주변의 풍경과 일을 고정해 두면 10년, 20년, 30년 뒤 상태가 변하거나 사라지더라도 다른 감정으로 사진 속을 여행할 수 있을 것이라 믿었죠.

가까스로 작년에 창고를 열어 사진 박스들을 꺼냈고 우여곡절 끝에 괜찮은 결과를 얻을 수 있는 필름 스캐너를 준비했습니다. 그러나 필름을 디지털 기록으로 만드는 계획은 순조롭지 못했습니다. 끊임없는 모티프원의 일로 좀처럼 짬이 나지 않았습니다. 아내 집에 온 뒤 비로소 이 일을 시작했습니다. 필름은 화학적 조성으로 빛을 기록하고 현상이라는 또 다른 화학 처리 과정을 거쳐 이미지를 고정하므로 수십 년 뒤에 어떻게 변할지는 알 수 없습니다. 역시나 30~40년이 흐른 필름의 상당수는 변색이 되거나 상태가 많이 나빠져 있었습니다. 색 조성이 바뀌긴 했지만 이미지 기록 자체가 모두 지워지진 않아 필름을 보관했던 보람이 완전히 사라진 것은 아니었습니다.

한동안 디지털 작업에만 몰두했지만 아직 끝나지 않은 이 작업을 마무리해 놓지 않으면 내 40여 년의 노력은 오래된 여러 박스를 배출하는 비용으로 치부될 것입니다.

오래된 사진은 소리 없는 울음을 울게 하고 미소 짓게 합니다. 후회하게 만들기도 하고 기쁨을 되찾아 주기도 합니다. 뒤바뀐 옳음과 그름을 바로잡기도 하고 숨겨졌던 진심을 발견하게도 합니다. 사진은 경험이 아니면 배울 수 없었던 것들에 대한 얘기이며 시간이 흐르지 않으면 알 수 없었던 것들에 대한 증언입니다. 과거는 사라지는 것이 아니라 어딘가에 존재하면서 서서히 발효되어 사랑이 된다는 것을 오래된 사진이 알려줍니다.

❋ 폭설이 쏟아졌습니다.

아내는 아무 말 없이 눈가래를 들고 대문 밖으로 나갔습니다. 펑펑 쏟아지는 눈 속에서 가래질을 했습니다.

내 집 앞만 치우고 들어올 줄 알았는데 한 집 건너고 다시 한 집 건너까지 가래질을 했습니다. 점점 더 멀어지는 아내의 가래질을 보면서 짐작했습니다.

내 집 앞 눈을 치우는 것은 당연한 의무이고 그 앞집은 담장이니 그곳까지 치우는 것은 선심이고 그 집의 옆집은 노부부밖에 안 계시니 그 집 앞을 치우는 것은 예의다 싶었습니다.

가래질을 마친 아내가 집으로 들어오나 했더니 다시 삼거리의 오른쪽 골목을 치우기 시작했습니다. 우리 집 사람 누구도 발길 할 일이 없는 골목은 또 왜 치우나 싶었습니다.

그 골목의 걸음이 불편한 할아버지가 걱정돼서일까 아니면 평소 위험하다고 애달파했던 배달라이더가 생각나서일까. 나는 열심히 가래질을 하고 있는 아내를 내려다보며 아내의 동기를 유추했습니다.

눈을 털고 들어온 아내가 눅눅한 털모자와 점퍼를 말리려 거실 바닥에 펴 두고 욕실로 들어

갔습니다. 아내의 마음을 잘못 읽어 타박 받길 한두 번이 아니지만 이번에는 틀림없으리라 확신한 나는 아내가 나오기를 기다려 물었습니다.

"남의 골목까지 눈을 치운 이유가 뭔가요?"

별것이 다 궁금하다는 표정이 잠시 아내의 얼굴에 스쳤습니다.

"그냥! 배고프면 밥 먹고 목마르면 물 마시고 눈 쌓이면 눈을 치워야지요. 본능 아니에요?"

✽ "골목을 오가는 사람은 걸음이 불편한 노인들뿐이네."

나의 혼잣말을 부엌 정리를 하고 있던 아내가 받았습니다.

"지금은 그럴 시간이에요."

"그럴 시간이라니?"

"그럼 오후 시간에 젊은이들이 왜 다니겠어요. 모두 직장에 갔지요. 지금 집 밖에 나온 분들
은 어르신들이기 때문에 걸음이 불편해요. 70~80년을 사용했으니…. 우리도 그때가 올 테
죠. 6시는 넘어야 젊은 사람들이 퇴근을 해요."

"아! 곰돌이 털모자를 쓴 아이가 지나가네. 엄마 손잡고."

"잘 보세요. 엄마가 아니라 할머니일 거예요."

"맞네. 할머니네."

"엄마는 일 나가고 간혹 할머니와 손잡고 나와요."

"멀리 약초밭 입구에서 할머니 한 분이 강아지와 왔다 갔다 하시는군."

"초콜릿색 푸들 아니에요?"

"맞아요. 갈색!"

"할아버지께서 작년에 돌아가셨어요. 지금은 며느리가 할머님을 모시고 있어요."

골목에 다시 발길이 끊겼습니다.

"빈 택시가 올라가는군. 누가 콜을 했을까?"

"근무를 끝내고 집으로 가는 것 같은데…. 이 동네는 노령 주민도 많고 택시 운전하시는 분들도 제법 계시는 것 같아요."

"저분은 왜 무릎을 반도 못 펴는 낮은 자전거를 타고 있지?"

"손자 것을 물려받았나 보네요. 다리가 불편하지 않은 분들은 주로 자전거를 타요. 중고를 사세요. 우리 건물 앞에 세워 둔 자전거도 이 집 주인이 2500원에 사셨대요. 대부분 짐받이가 있는 것을 사요. 그 자전거로 간혹 수유시장까지 가서 장을 봐 오시기도 하고요."

"모르는 것이 없네."

"이 동네에 2년 만 살아도 그 정도는 누구나 알아요. 부자 동네는 아니지만 살가운 동네예요."

아내가 갑자기 부엌 창문을 열더니 밖을 보고 외쳤습니다.

"할아버지! 안녕하세요?"

"네. 안 보이시더니?"

"한 두어 달 여행 다녀왔어요. 할머니는 오늘도 운동 다녀오셨어요?"

"갔다 왔지."

"여전하시네요. 겨울이라 우이천이 미끄러울 텐데···. 봄이 오면 할아버지도 함께 걸으세요."

"쓸데없이 왜 걸어. 난 안 해."

길 건너 연립주택 2층 할아버지가 창문으로 보이자 요란스럽게 인사를 나눴습니다.

"누구요?"

"누구긴, 이웃집 할아버지죠. 할머니는 하루도 빠짐없이 우이천을 걸으시고 할아버지는 하루도 빠짐없이 담배를 피우세요. 자전거 주인인 이 집 할아버지보다 한 살 많으셔서 서로 기싸움이 팽팽해요."

"연세가 어떻게 되시는데요?"

"여든과 일흔아홉."

✽　아내는 지난해 58일의 여행 중에도 새벽에 일어나 침대 옆에서 108배와 명상을 거르지 않았습니다. 하루에 60킬로미터 정도를 달려야 하는 자전거 여행에서 새벽 108배는 과하다 싶었습니다. 관절을 혹사하여 후유증으로 남지 않을까 염려했습니다. 인기척에 나도 잠이 깨면 돌아누우면서 한마디씩 했습니다.

"이렇게 좁은 숙소에서 그렇게 해야 하나요? 너무 형식에 집착하지 말아요."

아내도 지지 않았습니다. 내가 다시 잠이 들었다가 아침에 기상하면 잠결에 한 얘기에 대한 답변이 돌아왔습니다.

"형식은 그릇이에요. 그 그릇에 내용이 담기는 거예요."

수행에 대한 결심과 실행의 무게를 알아 더는 꼬리를 잡지 않았지만 마음속에는 입 밖으로 나오지 않은 말이 머물고 있었습니다.

'그것도 집착이에요.'

아내의 집에서 새벽에 눈을 떴습니다. 내 옆에 있어야 할 아내가 없습니다. 거실로 나가니 반쯤 열린 명상실에서 좌선 중인 아내의 모습이 보입니다. 새벽 3시 30분, 거실 온도를 보니 14℃. 싸늘한 새벽에 벽을 향해 있는 모습에 절로 발뒤꿈치가 들렸습니다. 침대로 되돌아가는 대신 욕실로 갔습니다.

아내와 내가 지향하는 바는 같지만 택한 길은 다름을 이 새벽에 확연히 느꼈습니다. 나는 문자에 집착하지만 아내는 불립문자, 즉 몸의 체득에 매달리고 있습니다. 내가 모래로 밥을 짓고 있는 동안 아내는 새벽을 밝혀 마음을 꿰뚫고 있는 모습이 서늘합니다.

샤워를 마치고 스스로 '서쪽 성벽'이라 부르는, 서가와 책상이 있는 나의 자리 대신 아내의 자리에 앉았습니다. 아내의 독서노트 속 메모가 눈에 들어왔습니다.

"명상은 생각에서 벗어나는 것이다. 그 너머의 직관을 키우는 훈련이다."

그날 마지막 한마디 말을 내뱉지 않고 삼켜 다행이다 싶습니다.

아내의 노트

참선은 몸과 마음의 균형을 잡아 준다.

들숨과 날숨을 통해 내가 우주와 자연의 일부임을 확인한다. 말과 행동을 삼가는 노력을 지속하게 되고 나를 인식하고 내 통제 범위 내에 둠으로써 외부의 유혹과 욕망, 편리함에 끌리지 않고 몸과 마음의 주인으로 존재할 수 있게 한다.

하루의 시작이 충만할 수 있게 한다.

무엇보다도 몸에 갇힌 존재라는 구속에서 자유로워지는 것은 나를 한결 가볍게 한다.

나는 나비다.

✽ 아내가 산을 오르자고 했습니다. 나는 영하 10℃로 내려간 겨울은 피하고 싶다고 했습니다.

"난 미루고 싶지 않아요. 몸을 덥게 하지만 땀이 나지 않는 것이 겨울 산행이에요."

"그럼 혼자 가세요."

"산속 깊이 들어가거나 정상에 오르는 산행은 혼자 가지 않는 것이 좋아요."

"사고 때문인가요?"

"익숙한 코스라도 바위 능선 같은 곳은 조심만으로는 안심할 수 없거든요."

어제 아내는 아침 식사를 서둘러 끝냈습니다.

"겨울 산행은 일찍 시작해서 일찍 끝내야 해서요."

"함께 가야 된다면서요?"

"그럼요. 하지만 꼭 남편과 함께 가야 되는 것은 아니에요."

"함께할 다른 사람이 있어요?"

"수락산 근처에 사는 후배와 함께 수락산에 오르기로 했어요."

아내는 배낭에 스틱까지 챙겨 집을 나섰습니다.

함께 산다는 것은 함께하는 사람에 대한 '배려'라는 울타리 속에 있음을 의식하게 합니다. 오랜만에 홀로인 집도 참 흡족했습니다. 산으로 떠난 아내도, 집에 남은 나도 한나절의 울타리 밖 생활이 허용된 셈입니다.

울타리 밖이었지만 달라진 것은 없었습니다. 어제 그제와 다를 바 없이 나의 서쪽 성벽에서 책 읽고 북한산을 바라보는 것뿐. 며칠간 눈이 오락가락하는 날씨 탓에 가렸던 인수봉이 손 뻗으면 닿을 듯 가깝게 느껴지는 투명한 오후였습니다.

북한산의 디레일이 사라지고 검은 그림자로 바뀌면 오후 5시에 가깝다는 것입니다. 배가 고팠습니다. 혼자 먹어야 할지 아내를 기다려야 할지 망설여졌습니다. 하지만 전화는 하지 않았습니다. 솔밭공원 뒤에 살고 계신 할머니의 말씀이 생각났습니다.

"공직에 있던 영감이 은퇴한 지 20년이 됐어요. 우리는 이제 남인 것처럼 사는 데 이골이 났습니다. 얼마나 편한지 몰라요. 영감은 귀가 시간이 일정하고 나는 때로 밤 10시가 넘기도 하죠. 처음에는 그것 때문에 많이 다투었어요. 투쟁을 해서 원칙을 정했습니다. 집을 나가면 절대 전화하지 않기로. 이제는 그 약속이 자리 잡혀서 자정까지 들어가지 않아도 전화가 안 와요. 남들은 늦게 들어가면 걱정되지 않겠느냐고 하지만 그것은 기우예요. 작은 사고라도 있으면 즉시 가족에게 연락이 가요. 대한민국 치안과 시스템을 믿어도 돼요. 연락이 없으면 안전하게 잘 있다는 겁니다."

남처럼 사는 것이 노부부의 은퇴 20년간 화목의 비결이었습니다.

어둠을 뚫고 나타난 아내가 배낭을 벗으며 말했습니다.

"휴대전화 배터리가 떨어져서 전화도 못 했네."

"아니, 등산 간 사람이 한밤중 귀가라니. 겨울 산행은 일찍 시작해서 일찍 끝내야 한다면서요?"

"그럼요. 그래야죠. 하지만 일찍 끝내는 것이 일찍 집에 들어온다는 의미가 아니라 일찍 산 밖으로 나와야 된다는 거죠. 산행을 함께한 사람과 저녁 먹고 수다 즐기는 것까지 일찍 끝 낼 필요는 없어요."

✱　피로하고 몸이 나른하여 일찍 잠자리에 들었습니다. 다음 날 새벽에 눈을 뜨고도 몸이 무거워 바로 일어나지 못했습니다. 다시 눈을 떴을 때는 동창에 한 자 높이로 해가 떠 있고 아내는 창 아래에서 책을 읽고 있었습니다.

몸살 기운인 듯해서 깨우지 않았다고 했습니다. 샤워를 마치고 내 서쪽 성벽 앞에 앉자 몸이 가벼워지고 머리가 맑아졌습니다. 일을 놓고 나자 한가해진 몸이 적응하지 못한 탓인가 싶습니다.

아내는 법정 스님의 법문집을 읽고 있었습니다.

"2008년 길상사 가을 정기법회에서 설한 법문에 가난하게 살았던 장혼이라는 조선 선비의 글 '평생의 소망平生志' 속 '맑은 복 여덟 가지'를 인용하셨네요. 그 여덟 가지로 태평시대에 태어난 것, 서울에 사는 것, 선비라는 신분을 가진 것, 문자를 이해하는 것, 산수가 아름다운 곳 하나를 차지한 것, 꽃과 나무 천여 그루를 가진 것, 마음 맞는 벗을 얻은 것, 좋은 책을 소장한 것을 꼽았습니다. 청중에게 자신이 누리고 있는 복을 돌이켜 보라고 주문하시면서 스님도 나날이 새로울 수 있도록 스스로를 받쳐 주고 있는 네 가지를 들었습니다. 스승과 말

벗이 될 수 있는 몇 권의 책, 출출하거나 입이 무료해지려고 할 때 개울물 길어다 마시는 차, 삶에 탄력을 주는 음악, 일손을 기다리는 채소밭입니다."

귀를 쫑긋 세워 아내 말을 듣다가 우리도 지금 누리고 있는 고마운 것들에 대해 꼽아 보자고 했습니다. 한참 뒤 아내가 생각한 것을 먼저 말했습니다.

"첫째 배우고 받들며 의지하는 사람, 둘째 이곳에 살기로 한 이유인 북한산, 셋째 그 산자락을 한가롭게 걸을 수 있는 시간, 넷째 창밖에서 노래를 불러 주는 새와 그 새의 먹이와 둥지가 되어 주는 나무, 다섯째 각자 원하는 것을 하고 있는 자식들, 여섯째 딸과 한 여행, 남편과 할 여행."

궁금증 가득한 표정으로 바라보는 아내에게 내 것도 말했습니다.

"첫째 당신에게 여전히 설레는 마음, 둘째 마음의 고요를 흔들지 않는 적막, 셋째 매일 나를 안식하게 하는 서쪽 성벽, 넷째 모티프원에서 만난 1만 명의 사람들, 다섯째 예술을 사랑하는 헤이리의 이웃들, 여섯째 좋아하는 것을 할 수 있는 자유."

아내가 내 첫째 항목은 좀 수상쩍다고 의심했습니다. 나는 아내의 의심에 답하지 않았습니다. 아내는 내 몸을 보양시켜 주어야겠다고 말했습니다. 아내의 의심에 답하지 않은 것이 참 다행스러웠습니다. 아내가 부엌으로 가고 오랜 시간 뒤에 식탁으로 불렀습니다.

옻나무와 함께 닭 뼈 고은 물에 찹쌀과 파 뿌리만 넣어 끓인 죽이었습니다. 미리 삶아 둔 닭 가슴살을 얹어 낸 닭죽 한 그릇이 쾌락을 주는 맛은 아니었지만 기운이 다시 차올랐습니다.

"잘 먹었소."

숟가락을 놓으면서 한 상투적인 인사말에 아내는 남인 듯 답했습니다.

"뭘요. 나 먹는 데 숟가락 하나 얹은 것을요."

✻   아내와 동거가 시작된 뒤의 변화는 규칙적인 식사, 끼니마다 달라지는 식단, 간혹 함께 가는 시장 등입니다. 가장 큰 변화는 식사 시간입니다. 짧게는 1시간, 길게는 2시간이 훌쩍 넘기도 합니다.

유대는 대화로 강화되고 대화는 주로 식사와 함께 이루어집니다. 프랑스 여행에서 그들이 유난히 사랑하는 일과가 수면 시간과 식사 시간임을 확인할 수 있었습니다. 남부를 여행하면서 카르카손의 작은, 그러나 품위 있는 한 레스토랑에서 저녁을 먹으면서 그곳에선 누구나 식사 시간이 2시간을 넘는다는 사실을 알았습니다. 그러므로 그 식당은 저녁 시간 한 테이블에 두 팀을 예약 받기 어려워 보였습니다. 6시부터 8시 혹은 9시까지 저녁 식사가, 아니 식탁 위의 수다가 계속되기 때문입니다. 식당 문을 나설 때 그들은 함께 마신 와인 때문이 아니라 함께 나눈 얘기로 불콰해진 느낌이었습니다.

이즘 저희 부부가 그렇습니다. 하루 두 끼의 식사에 4시간이 훌쩍 지납니다. 아내는 은퇴 후 가장 좋은 점을 식탁에서 4시간을 보내도 쫓길 것 없는 점을 꼽았습니다. 그 시간을 채우는 화제는 가족과 이웃, 걷기와 쓰기, 비움과 채움, 먹기와 굶기, 채식과 육식, 취향과 기호, 소통과 은신, 언어와 비언어, 지식과 실천, 끌려감과 자르기, 요가와 명상 등 정해진 주제도, 지켜야 할 규칙도 없습니다. 떠오르는 생각을 꺼내면 두서없이 진행되는 부부 수다입니다.

어제의 아침 식탁은 봄이 오면 다시 함께 떠날 섬 여행에 대한 얘기로 시작했습니다.

"우리는 여행 스타일이 많이 다른 것 같아요."

"그럼 함께 여행하는 장점을 살리되 서로 원하는 스타일로 여행하는 방식을 찾아 봅시다."

"좋아요. 우리는 숙소를 함께 사용하되 그곳의 하루는 각자 정합시다. 함께 가지만 홀로 여행하는 거지요. 자기가 원하는 곳을 원하는 시간 만큼 원하는 방식대로 돌아보는 겁니다."

"식사도 함께할 필요가 없네요. 자신이 있는 곳에서 원하는 것을 먹으면 되니 메뉴를 조율할 필요도 없고."

"하지만 함께 먹고 싶은 생각이 들 때면 전화로 제안하고 원하면 합류는 할 수 있지요."

다시 식탁 위에서 2시간이 흘렀습니다.

30대는 야근, 40대는 유학, 50대는 별거, 2시간의 식사 시간에 도달하기 위해 저희 부부에게 35년의 시간이 필요했습니다.

아내의 노트

"식사할래요?"

책을 읽고 있는 내게 남편이 물었다.

"아니요."

남편은 두 번 다시 묻지 않고 1인분의 상을 차렸다. 홀로 1식 2찬의 간편 식사를 마친 후 바로 설거지를 시작했다. 식기를 닦아 장에 넣은 남편은 다시 내 앞에 앉아 하던 일로 돌아갔다.

우리 부부에게 남녀의 성역할에 대한 인습의 굴레가 존재하지 않게 된 것은 13년간의 별거가 가져다 준 수혜이다.

✽　내가 아내와 함께한 43년 동안 열흘 이상을 함께 여행한 것은 세 번입니다. 첫 번째는 결혼 3년 뒤인 1989년 14일간 한 일본 배낭여행이고 두 번째는 혼자 하는 여행을 연습하기 위해 아내 홀로 모든 것을 준비하고 나는 그에 맞춰 동행한 2018년 20일간의 태국·라오스 자유여행입니다. 세 번째는 아내의 퇴직 이후 혼자 한 여행 끝에 내가 합류해 남해안과 그 일대의 섬을 16일간 동행한 지난해 12월의 은퇴 여행입니다.

아내의 은퇴에 앞서 내가 내심 결심한 것은 두 가지였습니다.

첫째는 아내와 함께하는 여행에서도 아내가 혼자 여행하기를 원하면 나는 기꺼이 홀로 집으로 돌아가겠다는 것입니다. 아내는 함께 여행하는 동안 동행에 대해 긍정적인 생각을 갖게 된 것 같습니다. 안전하고 비용을 절감할 수 있으며 혼자서는 접근하기 어려운 곳에 접근하는 경험을 할 수 있다는 점을 동행의 장점으로 꼽았습니다. 이런 변화는 홀로였던 43일간의 자전거 여행에서 불편과 불안, 외로움을 경험한 직후였기 때문이라 생각합니다. 하지만 이는 언제든지 바뀌어도 된다는 퇴로를 보장해 두고 싶습니다.

둘째는 아내가 다시 혼자 살기를 원하면 기꺼이 나는 아내 집에서 나가겠다는 것입니다. 나와 떨어져 산 지난 13년 중 아내가 실제로 홀로 산 기간은 불과 5년 남짓입니다. 나머지는 아이들과 함께 살거나 부모님을 모시는 생활이었습니다.

아이들이나 부모 등 다른 사람을 고려하거나 배려할 필요가 없어진 완전히 홀로인 시간 동안 아내는 많은 것을 이루었습니다. 어느 때보다 많은 책을 읽었고, 원하는 분야의 강의에 참여할 수 있었으며, 여러 커뮤니티 활동에 참여함으로써 자신의 관심사를 확장하고 심화했습니다.

무엇보다도 인간 누구나 궁극적으로 홀로인 존재이며 결국은 홀로인 생활에 직면할 수밖에 없다는 현실을 미리 경험하고 그 시간조차도 담담히 지탱할 수 있음을 훈련했습니다. 홀로인 시간 동안 정신적으로 더 성장하고 신체적으로 더 건강해진 결과를 경험한 입장에서 내 일방의 의견으로 함께 살 것을 강요하고 싶지 않습니다.

버지니아 울프는 〈자기만의 방〉에서 한 개인이 최소한의 행복과 자유를 누리려면 연간

500파운드의 고정 수입과 타인의 방해를 받지 않는 자기만의 방이 필요하다고 이야기합니다. 한 사람이 '자신'이 되기 위해서는 경제력과 더불어 자기만의 공간이 필요함을 일깨워 주었습니다. 깊은 슬픔도 넘치는 기쁨도 혼자 대면하고 싶을 때가 있습니다. 혼자 감당할 수 있어야 다시 온전해질 수 있다는 것도 이제는 알 만한 나이가 되었습니다.

내가 아내의 집으로 합류하여 아내에게 이 집은 더 이상 '자기만의 집'이 아니게 되었습니다. 다행인 것은 공간이 두 개라 '자기만의 방'은 유지할 수 있습니다. 아내는 언제든지 나와 떨어져 홀로 명상하고, 독서하고, 운동하고, 친구들과의 사사로운 전화 대화도 제한 없이 할 수 있는 그 방으로 숨어들 수 있습니다.

어느 날은 오랫동안 아내의 그림자조차 볼 수 없었습니다. 외출했는지 궁금해진 나는 아내의 방문을 열었습니다. 가부좌를 틀고 면벽을 하고 있는 모습에 흠칫 놀란 것은 나였습니다. 뒷걸음으로 나와 살며시 문을 닫았습니다. 아내는 누구에게나 왜 '자기만의 방'이 필요한지를 그렇게 뒷모습으로 말하고 있었습니다.

＊   지인 중 한 분은 한겨울에 친정을 방문할 때마다 노모께 화가 난다고 했습니다.

"매서운 추위에도 엄마는 집 안 온도를 18℃로 설정해 놓으세요."

"절약 때문이지 않나요?"

"말은 절약이라지만 추위를 많이 타는 아빠를 골탕 먹이려는 거예요."

흔히들 '혼자 살면 외롭고 둘이 살면 괴롭다'고 합니다. 하지만 이런 상황이라면 '혼자 살면 위험하고 둘이 살면 형벌이다'라는 생각이 듭니다.

아내와 동거를 시작하면서 외로움을 피하려다가 원한과 복수의 관계로 발전하지 않을까 염려했습니다. 동거 한 달 만에 염려가 현실이 되었습니다. 외출에서 돌아온 아내는 머리가 아프다고 했습니다. 두통은 저녁까지 계속되었고 일찍 침대에 든 아내가 말했습니다.

"약 좀 사다 줄래요?"

"잠자고 나면 괜찮을 거예요. 가벼운 두통조차 약으로 다스리는 것은 좋지 않아요."

아프다는 사람에 대한 나의 대응이 미흡했다는 생각이 머리를 떠나지 않았지만 다행히 아내는 이내 잠이 들었습니다.

그러나 예상과 달리 다음 날 아침에도 두통은 가시지 않았습니다. 양손으로 머리를 감싼 아내는 약 한번 사다 달라는 것도 못 들어주는 사람의 사랑한다는 말은 모두 거짓임이 분명하다는 날 선 말을 했습니다. 약국이 문을 열지 않는 토요일 아침, 상황을 수습할 수 없었던 나는 참았던 마지막 말을 날렸습니다.

"한 달도 길었네요. 내가 집을 나가면 두통도 씻은 듯 나을 테니, 그래 당신 집을 나갑니다."

언쟁은 소강상태가 되었고 침묵 속에 아침을 먹은 아내는 민화 공부를 위해 화실로 떠났습니다. 적막이 찾아왔습니다. 아내 집을 나가기에는 햇볕이 따사롭고 평온했습니다. 집을 나가겠다고 했던 말이 점점 후회스러워졌습니다. 그때 아내에게서 메신저 메시지가 왔습니다.

"버스 탔는데 왠지 눈물이 나네요. 당신이 떠난다면 잘 살 수 있을까? 이승에 육신이 다하여 떠난다 해도 그 슬픔을 감당하지 못할 텐데 내게 맘이 떠나 홀로 있고 싶어진다는 것은 상상이 되지 않네요. 당신은 나를 더 나은 삶을 살게 만드는 스승이고 행복의 근원입니다. 당신이 두 눈을 크게 뜨기만 해도 저 먼 나라의 낯선 사람처럼 여겨지며 심장이 서늘해지는데, 항상 두려운 사람임을 알고 있지만 자상함도 있기에 어리광도 부리나 봅니다. 항상 부드럽고

두 눈을 부릅뜨지 않고 육신이 다하는 날까지 함께 살기를 원합니다."

위기 때마다 곤란에서 나를 구제해 주는 이는 역시 아내였습니다.

"당신은 동생이고, 누나이고, 엄마이고, 스승이니 당신을 떠날 일은 없을 것이오. 오늘 화실에 가지 않았으면 좋겠다는 내 말은 동생과 누나와 엄마와 함께 있고 싶다는 욕심의 발로였고 그럼에도 당신을 잡지 않은 것은 화실에서의 수련을 통해 더 큰 스승으로 돌아오리라는 또 다른 욕심의 발로였소. 그간 나는 분별하는 세속의 마음을 내려놓기 위해 갖은 노력을 다해 왔지만 그 노력이 모두 원점으로 회귀하더라도 '당신이 좋다'는 분별심은 결코 내려놓고 싶지 않다오. 그러니 가벼운 발걸음으로 다녀오세요. 어젯밤, 약을 사다 주지 않은 것이 오랫동안 내 명치의 통증이 될 것 같소."

그 아래에 큰딸의 물음이 달렸습니다.

"두 분 싸우셨습니까?"

그제서야 개인 대화방이 아니라 가족 대화방이었음을 알았습니다. 이로써 부부 싸움은 가족 모두에게 공지되었습니다.

✻ 우리 부부의 경우, 7년의 연애와 36년의 혼인 생활을 합한 43년간의 동행에서 호칭과 대화의 종결어미에 변화가 있었습니다.

처음에는 당연히 상호 존대를 했습니다. 연인 관계로 굳어졌을 때 나는 낮춤말로 변했고 아내는 높임말을 계속했습니다. 어느 순간 거리감을 더 좁히고 싶은 마음이 앞선 나는 아내에게도 낮춤말을 강요했고 결국 세 아이가 태어날 때까지 서로 낮춤말을 계속 사용했습니다. 아이들이 크니 이 언어 습관이 좋다 여겨지지 않았습니다. 다시 아내에게 존대할 것을 제안했고 어름거리는 몇 년의 노력을 통해 상호 존대가 자연스러워졌습니다. 이제 두 사람 모두 회갑이 지나고 보니 참 잘했다는 생각이 듭니다.

호칭에 있어서는 지금까지 미숙함이 계속되고 있습니다. 나는 연인이었을 때 별칭을 지어 지금까지 사용하고 있습니다. 아내는 '오빠'라는 호칭을 결혼 뒤까지 사용했지만 첫딸이 태어나고 고향을 방문했다가 부모님께 제동이 걸렸습니다. 아이도 있는데 바꾸는 게 좋겠다는 의견이었습니다. 아내는 딸의 이름을 차용하는 것으로 타협했습니다. '나리 아빠'가 새로운 호칭으로 자리 잡았습니다. 이 호칭은 둘째가 태어나고도, 셋째가 태어나고도 변함이 없었고 훗날 둘째 딸에게 왜 '주리 아빠'나 '영대 아빠'가 아니고 '나리 아빠'냐는 항의를 받고 세 아이의 이름을 한 자씩 조합한 '나주영 아빠'라고 부르기도 했습니다. 하지만 오래지 않아 습관이 굳어진 '나리 아빠'로 되돌아갔고 지금까지 이어졌습니다.

오랜만에 아내와 함께 살아 보니 충돌 없는 동거를 위해서 언어 감수성이 얼마나 중요한지를 실감합니다. 다툼의 발단은 어투와 어감일 경우가 태반이니까요.

동거를 시작하면서 아내는 13년 동안 더운밥을 해 주지 못한 아쉬움을 회복하고 싶어 했고 매일 압력밥솥으로 새로 지은 밥을 내놓습니다. 늦은 밤 '전 생각이 나네'라고 혼잣말처럼 흘리면 아내는 즉시 실행에 옮깁니다. 해물파전, 배추전, 무전… 여행에서 가지고 온 가양주까지 곁들이길 몇 날, 심야 아내와의 한잔이 동거의 쾌락이구나 싶었습니다. 동거 일주일 뒤부터는 늦은 간식이 건강에 좋을까, 하는 의문이 들어 아내에게 말했습니다.

"잘 알겠습니다. 제게 나리 아빠의 말은 한 번도 틀린 경우가 없었기 때문에 아무리 늦은 밤이라도 전을 지져 냈습니다. 이 말도 틀리지 않으니 내일 밤부터는 전을 부치지 않겠습니다."

아내의 말이 전보다 맛있으니 전을 먹지 못해도 서운하지는 않습니다.

✻　아내가 민화에 빠졌습니다. 때로는 이른 아침부터, 가끔은 늦은 밤에도 붓을 놓지 않는 날이 잦았습니다. 끊임없이 반복하는 선 긋기와 채색에 너무 많은 시간을 할애하는 것이 내심 마뜩찮았습니다. 독서와 글쓰기 등 그 시간에 할 수 있는 다른 많은 것을 생각했습니다. 하지만 각자의 선택과 일에 간섭하지 않는 것이 동거의 원칙이었던 만큼 이런 속마음을 드러내는 것이 평화를 깨는 불씨가 될 수 있음이 두려웠습니다.

시간이 흐를수록 아내의 열정이 커지고 운필과 색채 표현으로 넘어가면서 그 속마음을 드러낼 필요가 없었습니다. 아내에게 포기하도록 하는 꾀를 내는 대신 내 생각을 바꾼 이유는 선생님과의 되풀이되는 문답을 보고 나서입니다.

일주일에 하루 화실에서 선생님 지도를 받고, 나머지 엿새 동안은 집에서 혼자 그림을 그리는데 그 모든 시간을 마치 선생님과 함께 있는 듯 보냈습니다. 작업하다 의문이 생기면 사진으로 찍어 보내 질문하고 선생님은 즉시 답을 주셨습니다. 마치 하브루타 학습법처럼 여겨졌습니다. 질문을 귀찮아하는 대신 부추겼습니다.

"질문을 많이 하는 제자가 훌륭한 제자입니다. 앞으로도 질문 많이 주세요."

답에는 항상 꿀맛의 칭찬이 뒤따랐습니다.

"한 장도 힘든데 열 폭 병풍은 상상이 안 갑니다. 시왕도 두 장만으로도 어깨가 아파요."

"지구력이 필요하죠. 어지간히 좋아하지 않으면 시작하기가 쉽지 않아요. 시왕도만 해도 대단한 거예요."

큰 것을 탐하면 작은 것을 칭찬합니다.

"그대로인 듯 늘지 않습니다."

"그렇지 않아요. 선이 많이 부드러워졌어요. 조만간 사불 자체가 좋아지는 순간이 올 거예요. 옛 화승들께서는 삼천 장을 그리셨다고 합니다. 켜켜이 쌓여서 만들어지는 거죠. 머리로만 외워서 하는 공부랑 다른 점은 손으로 익혀야만 가능하다는 거죠. 응원합니다."

성급함이 비치면 부드러움을 추켜세워서 꾸짖음을 대신합니다.

"어제부터는 붓 두 개로 해 보았습니다. 두상 부분, 손, 칼은 가는 붓으로 나머지는 필방에서 같이 구매한 붓으로 그렸습니다."

"제 생각이 맞다는 걸 또 확인하는 순간입니다. 사불은 노력한 만큼 좋은 선이 나온다는 사실. 앞으로 사불이 너무 재미있을 겁니다. 이미 선을 넘으셨습니다."

응용은 노력을 칭찬하는 것으로 고무합니다.

선생님도 일상이 있을 텐데 밤낮없는 물음에 답뿐만 아니라 격려라는 고명까지 얹어 보내는 가르침이 곡진했습니다.

스스로를 돌이켜 보니 지난 수십 년간 세상을 떠돌았던 이유가 '누군가'를 찾아가는 일이었고 그 '누군가'는 어떤 일에 시간을 통째로 바쳤던 사람들이었습니다. 아내의 선생님은 그림을 통해 '무념무상'을, '무에서 유'를 가르치고 계셨습니다. 내가 갈급하게 찾아다녔던 사람이 그곳에 있었습니다.

나는 이제 누군가에게 몰입해 배우는 것을 끝내기로 한 사람입니다. 그리고 누군가를 가르치는 일도 그만하기로 마음먹었습니다. 하지만 이 마음이 바뀔 만큼 오래 살아서 누군가에게 뭔가를 다시 배우게 된다면 혹시 또 누군가를 가르치게 된다면, 아내처럼 배우고 아내의 선생님처럼 가르치리라는 욕심이 일었습니다.

아내의 노트

민화 선생님과 함께 하는 시간이면 도전을 받는다.

세상에 제일 쉬운 것은 머리로 생각하는 것, 조금 더 어려운 것은 그 생각을 시작하는 것, 제일 어려운 것이 그것을 지속하는 것이다.

민화 공부를 지속할 수 있는 것은 좋은 선생님을 만났고 도반들과 함께이기 때문이다. 수십 년 외길을 걸어 오신 선생님이 아낌없이 퍼 주시면서도 스스로의 존재는 드러내지 않으신다.

"선생이 가르쳐 주는 건 아주 쬐끔입니다. 자신의 노력만이 목표에 도달하게 해 주는 열쇠랍니다. 특히 예술 분야는 더더욱이요."

새로운 도전을 했다. 한눈에 나를 사로잡은 '호피장막도'이다.

여덟 장을 이은 긴 표범 가죽 장막이 드리워져 있고 두 장만 위로 올려진 책거리화이다. 표범도 호랑이라고 통칭했던 이유로 '호피도'로 불린다. 이 그림의 핵심은 여덟 마리의 표범 털을 그리는 것이다. 도대체 한 마리의 표범 털은 몇 개나 될까? 삼천 배를 하는 마음으로 표범 털 그리기를 시작했다. 못하는 것을 탓하기보다 안 하는 후회를 하고 싶지 않다. 그래서 나는 겁 없이 도전한다.

유재숙 선생님이 격려하며 말했다.

"고양이 털이 되어서는 안 돼요."

'계단을 밟아야 계단 위에 올라설 수 있다'는 터키 속담이 있다.

나는 위로 오르기 위해서가 아니라 더 먼 곳을 보기 위해 계단을 밟는다.

비록 그 지평선 끝에 아무것도 없을지라도. 고양이 털이 표범 털이 될 때까지.

✽   아내와 북한산 진달래능선을 걸었습니다. 진달래꽃은 바위와 나무 사이에서 갖가지 모습으로 존재를 드러냈습니다. 음지와 산 높은 곳에서는 봉우리로, 양지와 산중턱에서는 화사한 꽃으로.

가파른 길을 따라 고도를 높일 때는 내가 떠나온 자리가 점점 아득히 멀어지니 절로 초연해지는 듯싶고 산등성이를 따라 걷는 동안은 맞은편 산봉우리들이 연이어 모습을 바꾸어 수만 가지 얼굴을 보여 주었습니다.

만발한 진달래꽃 무리 속으로 멀어지는 아내의 뒷모습에 설레서 나는 자꾸 뒤처져 따랐습니다. 아내는 신발에 갇힌 발이 가엾다며 등산화를 벗었습니다. 나는 아내의 등산화를 지고 뒤따랐습니다. 아름드리 소나무 아래에서 점심을 먹었습니다. 가장 간소한 점심을 준비하고 싶다던 아내는 아무 찬도 필요 없는 현미찰밥을 지어 바리때에 담았습니다. 시원한 바람을 찬으로 밥을 오래 씹었습니다. 참 달았습니다.

식사를 하는 동안 직박구리 한 마리가 바로 눈앞 가지 위에서 움직이지 않았습니다. 우리 부부에게 두려움을 느끼지 않는 것이 신기해 눈 맞추며 밥을 먹었습니다. 5분간 한자리에 있던

새가 3초쯤 날아올랐다가 다시 앉았습니다. 부리에 나비를 물고 있었습니다. 직박구리는
우리가 식사를 끝낼 때까지 다섯 번 날아올랐고 네 번 사냥에 성공했습니다.

직박구리와 함께한 식사를 마치자 다시 기운이 솟았습니다. 가능하면 느리게 걸으며 산에
깃든 모든 것의 봄 표정을 기억했습니다. 다시 안 올 봄처럼. 바위에 앉아 눈을 감았습니다.
몸도 마음도 가벼워져 먼 시간 속을 한동안 떠돌았습니다.

대동문에 다다랐을 때 해는 이미 석양이었습니다.

산을 벗어나자 도시의 전깃불이 우리를 맞았습니다. 계곡 옆 식당에서 저녁을 먹었습니다.
막걸리 한 병도 곁들였습니다. 건배 잔을 입으로 가져가기 전에 아내가 말했습니다.

"살아 줘서 고맙습니다."

나는 어떤 대답을 해야 할지 몰라서 먼저 막걸리잔을 들이켰습니다. 아내의 그 말 앞에 무슨
말이 생략되었는지는 지금도 의문입니다. '지금까지 죽지 않고'인지 아니면 '나와 함께'인지.

가족의 시간

✻   아내와는 13년간 별거를 했고 아이들과는 태어나고 2년 뒤부터 수시로 따로 사는 경우가 잦았습니다. 공부를 위해, 벌이를 위해, 각자 하고 싶은 일을 하기 위해 가족이 함께 살지 못하는 상황을 모두 저항 없이 받아들였습니다.

우리 부부의 맞벌이로 아이들은 고향의 할아버지 할머니 곁에서 성장하기도 했습니다. 내가 미시간주에서 공부하고 있을 때 아내는 서울에서 직장을 다녔고 큰딸은 조지아주에서 고등학교를 다녔습니다. 작은딸은 고등학교 졸업 후에는 프랑스와 아프리카 등에서 공부하고 일했습니다. 아들은 교환학생으로 노스다코타주에서 1년을 보냈고 고등학교 졸업 후에는 영국에서 살고 있습니다. 형편이 이렇다 보니 온 가족이 함께 모이는 일은 우연이 동반해야 합니다.

그런 탓인지 우리 가족은 유독 '하늘'에 관심을 둡니다.
"하늘 좀 보고 여유 좀 가집시다. 가족!"
11년 전 서울에서 고등학교를 다니던 아들이 보낸 문자 메시지입니다.

"나리, 서방님, 빨리 하늘 좀 봐요. 너무 멋있어. 우린 이런 우주 속에 살고 있어요."

4년 전 서울의 아내에게 받은 메시지입니다.

최근에는 이화동의 큰딸이 자신의 자리에서 그 시간의 하늘 사진을 메신저 가족 대화방에 올렸습니다. 나는 아내 집 거실에서 사진 한 장을 찍어 올렸습니다. 둘째 딸은 파주에서, 아들은 영국에서 사진을 올렸습니다. 살고 있는 곳은 제각각이지만 이고 있는 하늘은 매한가지라는 사실이 위로가 되었습니다. 이 하늘 사진 한 장씩은 각자가 자신의 자리에서 분투하고 있다는 증명이기도 하고, 그런 와중에도 가족이 떠오르더라는 말 없는 말이기도 합니다.

❋　아날로그 사진을 디지털로 전환하기 위해 오래된 사진 박스를 열면 사진뿐만 아니라 편지를 비롯한 아이들의 어릴 적 흔적을 만납니다. 세 아이 중 특히 첫아이는 출산과 육아의 첫 경험이라 모든 게 어렵고도 신비로워 매순간을 기록해 두고 싶은 마음이었습니다.

오늘 연 박스 속에는 첫딸 나리의 유치원 때 흔적이 가득했습니다. 유치원에서 그린 그림, 석고 손, 통신 수첩…. 서른넷의 딸에게는 어린 시절 흔적이 어떤 의미일지 모르지만 아내와 나는 오랫동안 그때를 얘기했습니다.

"유치원에서 엄마들을 만나고 비로소 내가 얼마나 뒤떨어진 엄마인지 알게 되었죠. 또래 아이들 모두가 한글을 읽고 숫자를 쓸 줄 아는 것을 보고 얼마나 놀랐는지. 시치다 마코토의 〈엄마 나를 천재로 길러 주셔요〉라는 책을 외우다시피 한 엄마의 아이는 미술과 음악에도 이미 뛰어나서 정말 천재로 보였어요. 중림동 약현성당에서 운영하는 가명유치원은 신부님이 원장님이셨죠. 아이가 잘 자라기 위해서는 부모가 먼저 바르게 알아야 한다는 입장이었기 때문에 아이들 발표회 때는 엄마 아빠도 동화극 같은 것을 연습해 함께 올리곤 했죠."

이때 학부모로 만났던 몇 사람은 지금까지도 아내의 친구로 동행하고 있습니다.

"돌이켜 보면 내 인생에서 가치 있다고 느끼는 대부분은 아이들을 키우면서 배웠어요."
양육의 시간 중 부재했던 아빠였지만, 아내의 말을 듣고 보니 나 또한 그런 것 같습니다.
아래 편지도 딸이 꾸미고 누군가 코팅까지 해서 집에 보관했던 점으로 보아 5월 가정의 달
을 맞아 유치원 선생님께서 부모에게 낸 숙제의 일환이리라 짐작합니다.

사랑하는 나리에게

나리야!
아빠가 아직 엄마를 만나지도 못했던 중고등학생일 때는 여느 학생처럼 아빠도 고입, 대입 등
입시공부에 여념이 없었단다. 공부 외에는 아무것도 생각할 수 없었을 그때의 아빠 소망은 하루에
한 번만이라도 아주 여유 있게 하늘을 올려다보면서 과거나 미래를 곰곰이 생각해 보는 것이었단다.
하지만 결국은 학교를 졸업할 때까지 하늘을 마음 놓고 올려다볼 여유도 갖지 못했단다.

그래서 나중에 아빠는 결심했지. 나리와 주리에게는 시험지보다는 하늘을 더 사랑하는 사람으로 만들어야지 하는 결심. 그래서 나리는 하늘같이 너른 마음으로, 발밑만 보기보다는 지평선 너머까지 볼 수 있기를, 그리고 자기 자신뿐만 아니라 친구와 이웃에게도 넉넉하게 마음 쓸 줄 아는 사람이 되기를 원한단다.

이 아빠는 하늘을 여유 있게 올려다볼 수 없기는 지금도 마찬가지여서 가슴이 점점 더 작아지나 보다. 이 아빠도 나리, 주리와 함께 더 많은 시간을 함께 할 수 있고, 그래서 예전에는 하늘로부터 배울 수 있었던 건강하고 착한 마음을 이제는 나리와 주리에게서도 배울 수 있기를 원한단다.

1992년 5월 1일
아빠로부터

❋ 입춘 때 일입니다. 천지에 햇살이 가득하고 은행나무 가지 위에는 참새와 직박구리가 함께 졸고 있었습니다. 하지만 기온은 여전히 영하의 날씨로 입춘 추위가 매서웠습니다. 기온이 내려가면 남한의 최북단 파주의 모티프원이 걱정입니다. 허허벌판 북풍한설에 홀로 선 나무처럼 외롭게 냉기를 감당해야 하니 상하수도 동파 방지 관리가 제일 신경이 쓰이는 문제입니다. 모티프원을 짓고 16년 동안 서너 번 상수도관이 얼어 특별한 장비를 가진 전문가를 불러서 해동하는 불편을 겪었습니다. 하지만 그간의 경험을 바탕으로 4년 전에 취약한 부분을 보강한 뒤로는 한겨울에도 동파 걱정 없는 시간을 누렸습니다. 그 느긋한 마음은 전화 한 통으로 깨지고 말았습니다.

"아빠, 서재 쪽 주방에 물이 안 나오네."

나를 대신해 모티프원 관리를 맡고 있는 첫째 딸의 목소리였습니다. 영하 25℃까지 떨어지는 북극 한파가 예보된 다음 날 아침이었습니다. 드디어 올 것이 오고야 말았다는 생각이 들었습니다.

"지난밤에 수돗물도 틀어 놓지 않았어?"

"네. 주방이 얼 줄은 몰랐지. 지금까지 한 번도 그런 적이 없었으니까."

10년에 한 번 온다는 최강 한파 예보에도 아무 조치를 안 한 딸의 부주의에 화가 났습니다. 통화를 일방적으로 끊었습니다. 다시 딸에게 전화가 왔습니다.

"전화를 끊으면 어떻게 해. 내가 일부러 그런 것도 아니고."

"이런 한파가 예상되었으면 최소한의 조치는 했어야 하는 거 아니야. 그것은 상식이잖아." 나는 더 목소리를 높였습니다.

"목소리 높이면 문제가 해결돼? 조치 방법을 알려 주어야지. 그럴 거면 아빠가 다시 파주로 오든가."

치민 부아가 식은 것은 아니지만 딸의 반박에 틀린 것이 없어서 더 이상 목소리를 높일 수도 없었습니다. 그동안 두어 번 비상상황에 잘 조치해 주었던 설비 전문가의 전화번호를 알려 주고 전화를 끊었습니다.

정오가 지나도 딸에게서는 아무 연락이 없었습니다. 궁금했지만 나도 연락을 하지 않았습니다. 시간이 더 흘렀습니다. 해동에만 쏠렸던 마음이 점점 다른 쪽으로 옮겨 갔습니다. 딸에게 윽박지른 일이 점점 더 크게 다가오기 시작한 것입니다. 언 수도관은 가만 두어도 봄이 오면 절로 녹을 테지만 화를 냈던 일로 딸 마음에 남은 상처는 여름이 와도 치유되지 않을 수 있겠다는 생각이 들었습니다. 가족 대화방에 사과 문자를 올렸습니다. 사과는 공개적으로 하는 것이 확실하다 싶었습니다.

"나리야, 아빠가 화내서 미안해. 나리보다 100만 분의 1도 중하지 않은 일로…. 앞으로도 아빠가 화내면 꾸짖어 다오!"

딸에게 응답은 없었지만 내게 남았던 불편한 마음이 먼저 녹아내렸습니다. 다시 몇 시간이 흐른 뒤 거실에서 딸과 통화하는 아내의 목소리가 들렸습니다. 통화가 끝난 뒤 조용히 다가온 아내가 말했습니다.

"나리가 당신 문자 읽었다고 전해 달래요."

그것만으로도 안심이 되었습니다. 수도관을 녹였는지는 묻지 않았습니다. 아내도 그에 대한 말은 없었습니다. 하지만 이제 해동 여부는 더 이상 내 관심사가 아니었습니다.

다음 날 새벽 2시가 넘어서 메신저 알림음이 울렸습니다. 딸이었습니다.

"아저씨가 이웃 아주머니네 집 녹이고 12시에 오셨어요. 언 곳은 다용도실 보일러 아래쪽에서 밖으로 나가는 관이었어요. 아저씨는 다용도실 문을 웬만하면 열어 놓으라고 하시네요. 이제 다용도실이랑 거실 정리하고 올라옴. 경험의 대가가 너무 크네요. 다들 굿나잇! 그래도 오늘 녹인 거에 감사함. 포기하지 않고 책임져 주신 아저씨에게 감사함. 이제 모든 수도꼭지는 다 틀어 놓기로!"

미안한 마음이 더 깊어져 딸의 마음 상태가 궁금했습니다. 혹시나 하는 마음으로 딸의 인스타그램에 들어갔습니다. 딸은 그 새벽 미처 덜 녹은 분노를 요가로 풀고 있었습니다.

나는 머릿속에 담아 두었던 인디언의 잠언을 가슴으로 옮겨 새겼습니다.

"어린아이에게 자주 화를 내면 쓸쓸히 늙음을 맞이한다."

❋ "전화라도 자주 드릴 걸…."

아내와 차를 마시다 혼잣말이 나왔습니다.

"그렇게 못했으니 후회라도 해야지요."

아내는 내 혼잣소리의 의미를 단박에 알아차렸습니다.

부모님이 돌아가시고 시간이 흐르면 아쉬움이 덜할까 싶었지만 해를 거듭할수록 고향의 부모님께 안부를 자주 여쭙지 못한 것이 한이 됩니다. 아내가 말을 이었습니다.

"당신 바쁜 일 끝나도록 부모가 언제까지나 기다려 줄지 알았어요? 서울에 살고 있는 후배는 아버지가 계신 포항까지 한 달에 한 번 어김없이 다녀왔어요. 그렇게 찾아뵙길 몇 년, 돌아가시고도 아버지에 대한 미련이 조금도 남지 않았다고 해요. 살아 계실 때 최선을 다했기 때문에 그렇게 홀가분한 거예요."

아내의 말이 비수가 되어 가슴을 찔렀습니다. 후배의 이야기는 곧 아내의 이야기이기도 했습니다. 아내는 직장을 다니면서 홀로 시아버지와 시어머니, 치매인 친정어머니를 함께 서울로 모셨습니다. 그 시간에도 나는 파주의 삶에 여념이 없었습니다. 도리를 다한 아내는 가뿐

하고 의무를 해태한 나는 가슴의 통증을 감내하고 있습니다.

내가 아내 집에 합류한 직후 영국에서 영화를 공부하고 있는 아들이 문자를 남겼습니다.
"엄마 아빠 주무세요? 내일 전화 드릴까요?"
자정이 넘어 남긴 아들의 문자를 아침에야 확인하고 무슨 일인지를 문자로 물었습니다.
"그냥. 엄마 아빠도 쉬시고, 같이 계시니깐 자주 연락드리려고요!"
영국은 코로나19 일일 확진자가 5만 명이 넘어서는 광범위한 확산으로 나라 전체가 록다운 상태였던 때라, 9시간의 시차를 고려하지 않았을 리 없는 아들의 새벽 문자에 걱정이 앞섰는데, 마음이 비로소 풀렸습니다.
은퇴를 했으니 언제든지 통화가 가능한 부모에게 자주 안부를 묻겠다는 결심을 드러내는 아들에게는 적어도 나 같은 뒤늦은 후회는 없겠다 싶었습니다. 그날 이후 아들은 매일 영상 전화를 겁니다. 아내와 함께 스마트폰 속 아들의 얼굴을 마주하며 영국과 한국의 각기 다른 소소한 일상을 얘기하다 보면 삼사십 분을 넘기기가 일쑤입니다.

개성 있는 연출이 돋보인 감독들 얘기를 하다가 아들이 물었습니다.

"아버지는 어떤 영화가 제일 좋아요?"

"아들이 만든 영화가 제일 좋지."

"에이, 아직 스크린에 걸린 작품도 없는데…."

"앞으로 만들 영화 말이야."

처음에는 아들의 시간을 뺏을까 봐 아버지가 내게 했던 말을 하고 싶었습니다.

"영대야, 우리는 변함없이 잘 있다. 그러니 전화 자주 할 필요 없다."

그러나 매일 밤 아들과의 수다가 더 달콤해지는 것을 보니 전화하지 말라는 아버지의 말이 거짓이었다는 사실을 비로소 알게 되었습니다.

✳ 설날 아침 아내와 내가 설 차례상을 차렸습니다.

삼촌과 사촌들까지 모두 모여 이삼십 명이 넘는 사람이 북적였던 고향 설날의 풍경은 아버지 대에서 끝났습니다. 그때는 아침에 시작된 차례가 삼촌 집과 사촌 집까지 두루 돌고 나면 오후에나 마무리되었습니다.

삼촌네가 서울로 이사를 하고, 사촌 집 아들도 도시에 정착하니 제례는 각자의 집에서 지내는 편리함을 따랐습니다. 부모님이 돌아가시고 내가 책임을 맡고부터 한 해는 아버지, 그다음 해는 어머니의 기일로 통합해서 기제 횟수를 반으로 줄였습니다.

올 새해 차례상 앞에는 아내와 나 두 사람과 스마트폰 카메라가 함께했습니다. 차례 준비가 끝나고 화상회의 플랫폼 '줌'으로 아이들을 모았습니다. 아들은 영국에서, 딸들은 파주에서 화면에 등장했습니다.

초헌은 내가, 아헌은 아내가, 종헌은 아이들의 몫을 나와 아내가 대신했습니다. 종헌 뒤에는 내가 아내와 다시 동거하게 된 사정을, 아내는 정년퇴직을, 아이들이 각각 자신의 형편과 바람을 고했습니다. 지방을 사른 뒤 줌 화면을 종료하는 것으로 차례는 끝났습니다.

차례상 위의 나물로 비빔밥을 만들었습니다. 단둘만의 제삿밥에 수저를 들다가 아내가 말했습니다.

"함께 민화를 그리는 화실의 부인이 지인 스님께 누군가를 위해 기도를 부탁드렸대요. 스님께서는 '그 사람을 생각하는 것이 기도입니다'라고 하시더래요. 60여 년을 살면서도 왜 그것을 몰랐을까, 싶었답니다."

이 말이 나를 누르고 있던 외롭고 쓸쓸한 마음을 어느 정도 걷어 갔습니다. 추모의 방식이 바뀌었을 뿐 추모의 마음은 화면 속 아이들도 그대로이지 않았던가. 퇴주한 술 한잔을 음복하고 아내에게 답했습니다.

"그래요. 어디에 있든 할아버지 할머니를 생각하는 것이 곧 추모입니다."

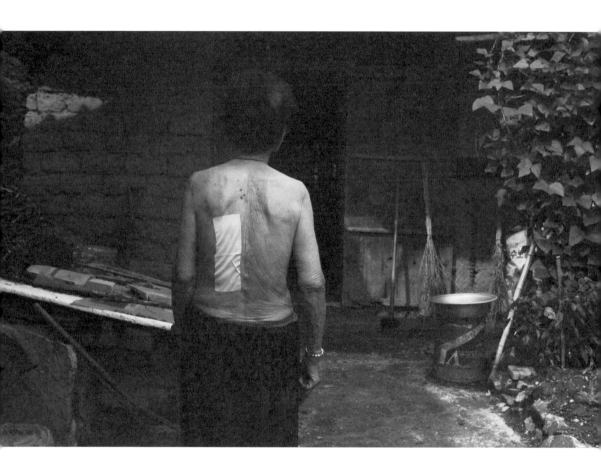

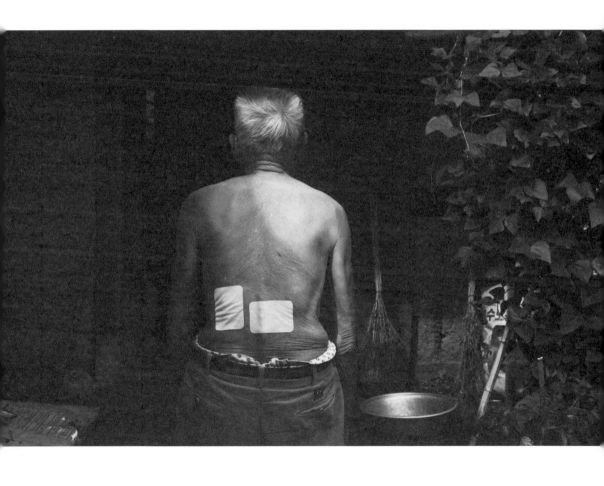

✽ 내가 제례를 물려받았을 때 곤란은 제례 음식을 준비하는 것이었습니다. 아내가 기제 여섯 번에 맞추어 회사 휴가를 조정하는 일이 동료들에게 미안하기도 했지만 조리에 소홀히 살았던 터라 방법을 찾아야 했습니다.

대안은 음식 솜씨가 각별한 처형에게 부탁하는 것이었습니다. 부모님께서도 처형 내외가 간혹 찾아뵙는 것을 달가워하셨던 터라 처형이 만든 음식으로 상을 차리는 것이 주어진 여건에서 최선이라 여겼습니다. 기일이면 아내는 퇴근길에 언니 집을 들러 준비해 둔 음식을 가져와 상에 올렸습니다. 설과 추석의 차례 음식도 처형 몫이 되었습니다. 강정 종류는 여동생이 어머니가 만들던 방식대로 직접 만들어 보내 주었습니다.

올해 설은 아내가 정년퇴직 후 맞는 첫 명절이었지만 차례 음식은 예년과 다름없이 처형이 맡고 아내는 보조 역할을 했습니다.

"제사상을 잘 차리기보다 살아 계실 때 더운밥 한 상이라도 더 올리고 싶어요."

아내가 고향의 부모님을 서울로 모셔 오면서 했던 말입니다. 아내는 한 지붕 아래에서 장모님까지 세 부모를 모셨습니다. 부모님은 며느리가 한집에서 살기를 자청한 것만으로도 무

척 고마워했습니다. 아버지도 며느리를 각별히 위했습니다. 어머니와 저녁을 서둘러 드시고 며느리가 퇴근하기 전에 잠자리에 드셨습니다. 퇴근해서 상 차리는 며느리의 수고를 덜기 위해서였습니다.

살아계신 부모님의 조촐한 상에 더운밥을 올리는 일이 부모를 위한 것이라면 잘 차린 제사상에 더운 메를 올리는 일은 남은 자들의 자기만족이라 생각합니다. 그러므로 나 자신을 위한 제사상에 연연할 마음은 없습니다. 저희 부부가 해외에서 기일을 맞아도 현지에서 차 한 잔으로 제사상을 대신할 것입니다. 추모도 사랑의 한 방법이니 형식에 갇힐 필요가 없다는 생각입니다.

이번 차례를 준비하면서 아내는 까마득히 잊었던 일을 꺼냈습니다.

"당신 미국에서 귀국한 직후 취재를 위해 다시 미국으로 간다는 소식을 듣고 어머님이 내게 전화해 말리라고 했던 일 기억해요? 당신이 고집을 꺾지 않자 아이들에게까지 전화해서 아빠가 못 가도록 막으라고 한 일이요."

마흔여섯 늦은 나이에 떠났던 미국 유학에서 돌아온 직후, 한 출판사에서 미국 전역을 취재해 단행본으로 출간하는 일을 제안 받았고 흥미를 느꼈습니다. 취재에 6개월 정도 걸릴 일이었습니다만 어머니는 아들과 다시 태평양을 사이에 두고 떨어져 지내야 한다는 것에 절망했습니다. 비록 아들과 떨어져 살아도 서울은 홀로 오갈 수 있는 곳이었지만 미국은 스스로 닿지 못하는 곳이라는 사실이 어머니를 절망하게 만들었지 싶습니다. 나는 그 일을 잊었고 아내는 18년 전 어머니의 체념을 기억하고 있었습니다.

누구에게 마음을 내는 때는 언제나 '지금'이어야 한다는 생각입니다. 만약 부모님을 서울로 모시는 아내의 결단이 없었다면 미욱한 나는 제례상 앞에서 제례의 형식에 연연하는 것으로 나를 위안하려는 변명에 매달렸을 것입니다. 이번 설 연휴를 보내면서 새삼 아내가 고마웠던 것은 다시 오지 않을 시간, 즉 그때의 '지금'에 부모님과 함께했었다는 사실입니다.

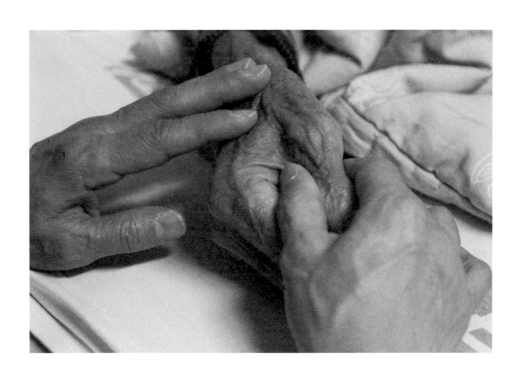

✳ 우리 아이들 셋은 모두 내가 태어났던 고향의 할머니 할아버지와 두어 해를 보냈습니다. 첫째 이유는 탁아가 필요했습니다. 나도 아내도 일을 해야 하는 상황에서 어린아이들만 집에 둘 수 없었습니다. 둘째는 고향을 만들어 주고 싶었습니다. 서울의 병원 분만실에서 태어난 아이들이 인공의 도시에서만 성장한다면 평생 부평초처럼 부유하는 마음일까 염려했습니다.

어쩔 수 없는 선택이었지만 기대 밖의 또 다른 효과도 있었습니다. 할머니 할아버지와 마음의 주파수가 같아졌고, 도시를 벗어나면 바로 시골 정서에 동화됩니다. 아버지와 어머니가 노년에 손녀 손자와 마음의 벽 없이 한 지붕 아래에서 함께 살 수 있는 기초가 되었습니다.

아내가 새이령길 생태 탐방을 나선 날, 전국에 장맛비가 내렸습니다. 정오가 지나 점차 굵어진 빗발은 장대비로 변했습니다.

파주의 딸에게 전화가 왔습니다.

"아빠, 엄마랑 같이 계세요?"

"왜? 새이령 탐방 가셨는데…."

"비가 많이 와서요."

"백두대간 옛 고갯길이긴 한데 전문가분들과 함께 가셔서 걱정하지 않아도 돼."

아내는 다른 사람과 함께 있을 때 전화기를 '비행기 탑승 모드'로 설정해 두기 때문에 통화가 되지 않았던 모양입니다.

갑자기 부모의 안전까지 챙기는 딸이 고맙기는 했지만 그 갑작스러운 변화의 계기가 궁금했습니다. 딸의 글에서 그 근거를 짐작할 수 있었습니다.

"만약 다큐나 영화에 할머니 할아버지가 나온다, 그렇다면 나에게는 이미 끝난 게임이다. 내가 태어난 뒤 최초의 기억은 분명 할아버지 할머니와 함께였을 순간이다. 할머니는 날 업어 키웠고 할아버지는 농사해 날 먹여 키웠다. 내 감정의 트리거가 되어 버린 이 부분을 항상 정리해 보고 싶다고 생각했지만 도대체 어디서부터 어떻게 시작해야 할지 감도 잡히지 않는다. 나리야, 딱 한 가지는 정확하지. 있을 때 잘해라."

✳ 첫째 딸 생일이었습니다.

저희 부부는 아이들 생일에 무심했습니다. 케이크를 산 것은 돌 때가 전부이지 싶습니다. 축하는 대부분 편지 한 통으로 대신하곤 했습니다. 초등학교 때 친구 생일잔치에 갔다 온 아들은 그 친구를 몹시 부러워했습니다.

"1년에 단 한 번 케이크 놓고 생일 할래, 365일을 생일처럼 살래?" 하면 아버지의 억지 논리 의도를 알아차린 아들은 슬픈 얼굴로 바뀌어 생일 얘기를 멈추었습니다.

크고 나서는 스스로 생일을 챙겼습니다. 자신의 생일날 부모를 챙기는 방식입니다.

"엄마, 나 낳느라 고생 많았어요."

축하 받을 사람은 나온 사람이 아니라 낳은 사람이라는 것입니다.

첫째 딸은 이번 생일날 과메기와 모둠 야채를 보내 주었습니다.

"제철이라 먹어 보니 맛있더라고요."

생일날에 딱 맞추어 배달되었습니다. 나는 여느 때와 같이 과메기처럼 윤기 나는 말로만 고마움을 전했습니다.

밤이 이슥한 시간, 배춧잎에 싼 꼬독꼬독한 과메기를 막걸리와 함께 즐겼습니다. 마치 우리 생일인 양 잔까지 부딪치며 두어 잔 비우고 나니 말머리는 절로 아이들로 흘렀습니다.

"나리는 신혼여행 때 가졌던 것 같아요."

"그럼 태평양이었겠네. 결혼식 당일 저녁에 부산항에서 배 타고 아침에 제주항에 내렸으니 우리의 첫날밤은 남해 바다였지."

"글쎄요. 날짜까지는…. 아이가 들어서면 바로 느낄 수 있었어요. 둘째도, 셋째도."

"태몽을 꾸었나요? 난 왜 전혀 생각이 안 나지?"

"태몽은 엄마나 자매들이 꿔 주기도 한다는데 나는 모두 내가 꿨어요. 나리와 주리는 둘 다 큰 기와집에서 감을 따서 넓은 보자기에 담아 오는 꿈이었고 영대는 청잣빛 하늘에 북두칠성이 펼쳐진 꿈이었어요."

"아이들이 태어난 곳이 모두 달랐죠? 집 대신 경험을 갖자는 생각으로 처음부터 집을 사는 것에 욕심을 내지 않았던 결과로 이사를 스무 번도 더 다녔으니."

"나리는 역곡에 살 때였죠. 헐한 전셋집을 찾아 서울 밖으로 나갔었죠. 밤 12시쯤 진통 기미가 와서 택시를 타고 영등포의 산부인과로 갔었죠. 산후조리를 돕기 위해 출산일에 임박해서 시어머님이 와 계셨는데 내가 집을 나설 때 하신 말씀이 기억나요. '노란 하늘에 별이 번쩍번쩍해야 애가 나온다'라고. 옆에서 당신이 밤새껏 내 손을 잡고 진통 간격을 기록했었는데 아침 6시에 분만실로 들어가 30분 뒤에 나리를 낳았죠. 첫째는 진통을 6시간 반 정도 했지만 순산이었고 둘째, 셋째 낳을 때도 통증이 지난 후 시원하다는 느낌이었어요. 셋을 낳고도 아이를 더 가지고 싶다는 생각이 들었죠. 경제적으로 여유가 있고 육아에만 전념할 수 있었다면 힘닿는 데까지 낳았을 거예요. 매번 어떻게 사람다운 사람으로 만들지, 하는 걱정이 뒤따랐지만…. 나리는 자정을 넘겨 입원하고 그날 오후 3시에 퇴원했기 때문에 입원비는 하루치 2만 4000원밖에 안 나왔죠."

"가난한 부모에게 나올 때부터 효도했네."

"윤회의 인연으로 보면 자식은 은혜를 갚으러 오거나 빚을 받으러 온대요. 우리 자식들은 은혜를 갚으러 온 듯해요."

"분명 그렇군. 오늘 과메기까지 보내 준 걸 보니."

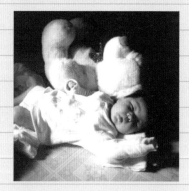

✻ 우리 아이들은 어릴 때부터 반려견과 죽 함께 성장했습니다. 서울에서뿐만 아니라 고향의 할아버지 할머니 댁에서 지낼 때도 마찬가지였습니다.

그 마음이 더욱 강해진 때는 1997년 영화 〈표류일기〉에 첫째 딸 나리가 주연으로 촬영을 마치고부터입니다. 이 영화는 가족과 남태평양으로 휴가를 갔다가 배가 표류되는 바람에 무인도에 반려견과 고립된 아이가 그 개와 함께 생환하기까지의 이야기로 개는 목숨을 지켜준 동반자였습니다.

영화를 촬영한 팔라우에서 돌아온 뒤 미니어처 핀셔 해피가 우리 가족이 되었습니다. 정원이 있는 헤이리로 이사하고는 아들 역시 대형견에 대한 갈망을 풀었고 우리 가족은 해피, 그리고 러프 콜리 해모와 동고동락했습니다.

지난해 두 딸은 유기 동물에 관심을 갖고 임시보호를 하다가 스스로 입양해서 동거를 시작했습니다. 문제는 우리 가족 모두 사는 곳이 다르고 하는 일이 각각인 만큼 반려동물을 돌보는 일이 두 딸의 몫이기는 하지만 온 가족의 협업이 필요한 일일 수밖에 없습니다. 특히 유기된 경험 때문에 사람에게 두려움을 가지고 있는 봄이는 우리 부부에게도 경계를 풀지 않아 여전히 넘어야 할 산이 남은 상태입니다. 그러던 중 생각지도 못한 일이 더해졌습니다. 모티프원에서 내 일을 대신하고 있는 첫째 딸이 봄이와 아침 산책 중에 빈사 상태의 개를 발견해 급히 동물병원에 입원시켰습니다.

위기에 처한 생명을 살리는 일에는 사랑뿐만 아니라 병원을 오가야 할 시간과 치료 비용도 함께 필요했습니다. 다행히 적지 않은 비용은 SNS를 본 '사랑은 행위로 달성된다'고 믿는 많은 사람의 후원으로 충당했습니다. 딸이 여름이로 이름 지어 준 개의 구호 비용을 충당하고 남은 금액은 봄이가 있었던 함안보호소에 재기부하여 위기의 유기견 두 마리를 더 구호할 수 있었다고 합니다. 보호소에서는 이 두 마리의 이름을 가을이와 겨울이로 명명했다고 합니다.

5월에 만나 두 딸의 보살핌을 받던 여름이가 행복하게 동거하며 평생을 동행할 참 고마운 식구를 만났다는 소식을 8월이 끝날 즈음 받았습니다.

"거창할 순 있지만 희망을 경험한 것 같아요."

이 경험을 통해 딸도 세상을 보는 태도가 바뀌었음을 짐작할 수 있었습니다.

아내의 노트

딸들은 반려견에 애착이 많다. 유기견을 입양하고, 국내 입양처를 알아보고 해외 입양을 돕는다. 최근에는 길거리에서 죽어가는 개를 발견해 구호에 파란만장의 시간을 보내고 있다.

봄과 여름이의 산책을 위해 기상 시간을 당기고 퇴근 후 최대한 빨리 귀가한다. 때때로 하루를 온전히 함께 보내기 위해 월차를 내기도 한다.

큰딸은 일찍부터 아역 연기자로 활동했다. 영화나 드라마 촬영은 심야로 이어지는 경우가 잦았다. 촬영장의 딸 옆에는 항상 내가 있어야 했고 아주 어렸던 아들은 나와 함께였지만 둘째 딸은 집에 남겨졌다. 남편의 퇴근이 늦어지면 둘째 딸은 홀로 밤을 맞아야 했다. 다섯 살 딸의 두려움을 견디게 했던 친구가 반려견 해피였다.

딸에게 전화가 왔다.

"이번 주 목요일에 봄, 여름이와 외출하기 위해 휴가 냈어요. 엄마도 함께 갈래?"

✱ "정년퇴직으로 사직서를 씁니다."

작년 10월 아내는 정년퇴직자의 행정 절차에 따라 사직서를 썼다는 내용을 가족 대화방에 올렸습니다.

세 아이들은 한마디씩 축하의 의미를 달리 담았습니다.

"정년퇴직도 사직서 쓰는구나."

"이제 잘 놀 일만 남았네요!"

"엄마 드디어 정년퇴직을 준비하다니, 축하!"

퇴직의 의미, 아내와 나누었던 퇴직 후의 성긴 계획을 내가 덧붙였습니다.

"퇴직은 다른 장르의 새로운 시작이다. 엄마는 앞으로 2~3년 엄마가 하고 싶은 일을 할 것이다. 즉 자전거 여행, 국내 각 지역 한 달씩 살아 보기, 코로나 풀리면 영대에게 가서 영국 살아 보기, 유럽 여행하기, 그리고 돌아오면 아빠와 1년쯤 세계여행."

사직서를 낸 직후 아내는 재정 상태를 점검해 본 모양입니다. 퇴직금으로 불입한 사학연금과 교직원공제 적립금을 확인한 아내는 놀란 마음을 드러냈습니다.

"엄마 기억에 문제가 있었네. 18년 넘게 교직원공제회에 장기저축금을 적립해 왔는데 잔액은 없군. 우리 집 고비마다 대출로 미리 사용했던 것을 잊었네."

나도 그제야 결혼 초 아내와 했던 약속을 상기했습니다. 그것은 저축보다 경험에 소비하자는 것으로 교육, 문화생활, 유학, 여행 등 개인의 성장에 충실하자는 약속이었습니다. 이 원칙은 잘 지켜져 온 셈입니다. 아이들도 모두 해외 교환학생이나 유학을 경험했고 나도 늦은 나이에 유학을 떠나는 만용을 부렸습니다. 그 결과 대출을 상계하고 나면 퇴직 적립금이 남은 게 없다는 아내의 당혹스러움이었습니다.

아내의 좌절을 즉시 위로한 이는 둘째 딸이었습니다.

"엄마, 생활비 모자라지 않게 줄게요. 걱정 마세요."

얼마 전 불현듯 그 생각이 나서 아내에게 물었습니다.

"이제 은퇴를 했는데 별도로 딸에게 생활비를 받나요?"

"주리가 어떤 아이입니까. 말을 입 밖에 내면 하늘이 무너져도 지키는 아이예요. 생활비 걱정 말라고 한 바로 그달부터 매월 자기 월급 10퍼센트를 내 계좌로 자동이체하고 있어요."

✳ 둘째 딸 주리가 한 글쓰기 플랫폼에 새로운 글을 연재하기 시작했다고 가족에게 알렸습니다. 가족들 모두가 반색하며 맞았습니다.

돌이켜 보면 나를 가장 나답게 만든 것은 바로 글쓰기였습니다. 한글을 익힌 이후 일기 숙제로부터 시작해 직업적 글쓰기까지 글쓰기를 멈추지 않았습니다.

아이들의 생일날 케이크는 준비 못 해도 생일 편지는 꼭 써서 읽었고, 아이들에게도 부모의 생일에 생일 선물 대신 생일 편지를 쓰게 했습니다. 청소년 때에는 원하는 것을 허락하는 대신 그 결과를 글로 받았습니다. 큰딸의 해외여행에 경비를 지원하는 대신 여행기를 받았고 둘째 딸이 유학 갈 때는 카메라와 스케치북을 선물하여 기록하고 그리고 쓰도록 했으며 아들이 미국 교환학생을 떠날 때도 매일의 생활을 기록하도록 했습니다. 그가 한국에 돌아와 입시를 목전에 둔 고3의 신분임에도 전국 자전거 여행을 하고 싶다고 했을 때 매일 방문한 지역의 어른들을 만나 인터뷰하고 그것을 글로 써서 보내는 조건으로 허락하고 지원했습니다. 아내에게는 권하는 정도를 지나 강요하기까지 했습니다. 글을 쓰는 일이야말로 자신의 삶에 스스로를 스승으로 모시는 일이라고 여겼기 때문입니다.

모든 배움과 독서와 경험은 글을 쓰는 과정을 통해 온전히 자신의 것으로 체화할 수 있습니다. 글을 쓰지 않는 배움은 황량한 대지의 소낙비 같아서 비가 내리는 그때뿐 물은 고이지 않고 흙을 휩쓸어 내려가 땅을 비옥하게 하는 데 한계가 있고, 글을 쓰지 않는 독서는 씹어 주는 이유식 같아서 거친 음식의 건강함에는 미치지 못하고, 글을 쓰지 않는 경험은 숙성되지 않는 날 것이라 식중독의 위험이 상존합니다. 글쓰기에는 기도와 명상 같은 숙고와 반성의 바로잡음이 있습니다. 글쓰기의 최종 목표는 내 삶이 좋은 삶이 되도록 하는 것입니다. 그러므로 글쓰기는 그곳에 닿기 위한 징검다리인 셈입니다. 더불어 공개된 글은 그 자체가 경험과 지혜의 나눔이 될 수 있습니다.

✱　아들이 있는 영국은 코로나19 상황이 심각하여 오랫동안 록다운 상태를 유지했습니다. 수업을 온라인으로 진행하는 만큼 유학생 대부분이 귀국을 선택했지만 영대는 영국에 남았습니다. 졸업학기를 맞은 영화과 학생이라 영화를 만드는 환경과 여건을 고려하여 졸업작품을 영국에서 만들려 했습니다.

경쟁을 통해 연출을 맡아 시나리오와 스태프 등을 계획하고 준비했으나 코로나19의 재유행으로 시시각각 상황이 바뀌고 작업의 규모와 반경에 제한이 생겼습니다. 코로나 단계가 바뀔 때마다 기존 계획은 파기되고 단계별 제약 속에서 제작 가능하도록 시나리오를 새로이 바꿔야 했습니다. 결국에는 팀 작업이 불가능한 상황이 되고 배우 한 명과 제작자 한 명의 최소 인원이 참여 가능한 개인 작업만 가능했습니다.

어느 날 여전한 추위로 호수의 수증기가 잡목 가지마다 얼어 있는 하얀 아침의 사진을 보내왔습니다. 추위에 배우와 함께 아들이 호수 물속에 들어가 촬영하는 사진을 보면서 아내는 눈시울을 붉혔습니다.

"작품도 좋고 연기도 좋지만 아침에 얼음 호수에 들어가는 고통을 자처하다니. 영대가 내가

알던 그 아들이 아닌 것 같아요."

"자신이 하고 싶은 일을 하면 얼음물 속도 즐겁게 들어갈 수 있나 보군. 모티프원에 오는 많은 청년들이 내게 묻곤 했어요. '잘하는 일을 해야 할까요? 좋아하는 일을 해야 할까요?'라고. 잘하는 일은 취직도 쉽고 연봉도 높은데 좋아하는 일은 취직도 어렵고 일자리를 얻어도 최저시급이라고. 하지만 이제는 그들에게 확신을 갖고 말할 수 있겠어요. 좋아하는 일을 하라고. 하고 싶은 일을 해야지 오래 할 수 있고 오래 하면 결국 잘할 수 있다고."

"돌이켜보니 영대가 꼭 당신을 닮았네요. 당신도 싫은 곳에서는 1년도 참아 넘기지 못했잖아요. 그래서 입사한 순간부터 나는 당신이 언제 회사를 나올지 염려해야 했고요."

"그래서 수시로 실업자가 되는 나를 대신해 당신이 일자리를 찾아야 했고요."

"하지만 마침내 당신이 하고 싶은 일을 찾으니 잠자는 시간조차도 아까워했으니 현재 영대가 바로 그 모습이에요. 내가 영대를 낳고 아이들 키우는 것이 얼마나 재미있던지 하나 더 낳자고 했던 말, 기억나세요?"

"전혀."

"당신은 당신이 좋아하는 것만 기억하니까 기억날 리가 없지요. 나뿐만 아니라 영대도 동생을 갖고 싶어 했었죠. 누나 둘이 대화에 끼워 주지 않을 때마다 영대가 남동생을 만들어 달라고 그때마다 당신에게 여러 번 얘기했었는데 기억에도 없다니!"

"아마 그때는 이미 늦었을 때 같네요. 당시는 여전히 '딸 아들 구별 말고, 둘만 낳아 잘 기르자'는 산아제한 정책이 있던 때였죠. 예비군 훈련장에서 정관수술을 자원하면 하루 훈련을 면제받을 수 있었고요. 내가 훈련 갔다가 일찍 귀가했던 날 기억 안 나요?"

아내의 노트

연애시절 남편이 "발이 예쁘다"라고 말한 적이 있다. 어쩐지 이 말이 오랫동안 남았다. 이는 구두에 집착하는 결과를 낳았다. 화장은 하지 않았지만 구두는 여러 켤레였다.

페디큐어는 물론 토링과 앵클릿까지 하는 여성들이 자주 눈에 띄는 것을 보면 '발이 예뻐야 진짜 미인'이라는 말을 신봉하는 사람들이 더 많아진 것 같다.

여름날 첫딸이 내 하이힐을 신고 발가벗은 채로 골목까지 나간 30여 년 전의 사진을 보고 남편에게 말했다.

"당신이 발이 예쁘다고 해서 내 빼딱구두 수가 늘었죠. 나리가 신고 있는 이 구두가 내가 제일 좋아하는 구두였어요."

정작 남편은 그 말을 한 것도, 신발장 안에 내 하이힐이 많았던 것도 기억하지 못했다. 신발은 역시 빼딱구두보다 운동화가 제일이다.

✹   2004년, 모티프원을 설계할 때 공간 전체가 하나의 큰 식물 덩어리로 보일 수 있기를 바랐습니다. 지척의 산에 생뚱맞은 존재로 두드러지기보다 그 산의 일부로 보였으면 좋겠다는 생각을 반영했습니다.

건물 자체가 엷은 연두색을 띠도록 했고 건물이 완성되자마자 외벽에는 덩굴식물을 올리고 정원에는 방향에 따라 적절한 나무들을 심었습니다. 16년이 지난 지금 모티프원은 숲속에 있는 모습이 되었습니다.

건물의 각 공간은 자연과 사용자의 경계를 모호하게 하는 방식으로 최대한 넓고 높은 창을 두어 공간 안에서 나무를 마주할 수 있게 하였습니다. 하지만 동쪽으로 면한 공간 하나에는 멀리 산을 볼 수 있도록 나무를 심지 않았습니다.

나를 대신해 공간을 책임지고 있는 첫째 딸이 아쉬움을 말했습니다.

"모든 방에서 새소리로 아침에 눈을 뜰 수 있는데 블루방만 그렇지 못하네."

창밖에서 새가 노래하도록 하는 방법은 나무를 심는 것임을 상기시켰습니다. 딸은 바로 농원을 방문해 나무의 수종과 수형을 결정하고 트럭으로 배달 온 나무를 직접 심었습니다. 벗

나무와 청단풍을 심은 뒤 가족 대화방에 올렸습니다. 홀로 나무를 심는 첫 경험이었습니다. "농원 사장님께서 혼자 들지 못할 정도의 무게는 아니니 전문가의 도움을 구하지 않아도 금방 한다고 호언장담하셨는데, 손가락에 물집 몇 개 생기는 정도였네요."

엄살은 처음 한 일에 대한 뿌듯함의 다른 표현으로 읽었습니다. 작은딸이 언니가 고생을 하는데 너무 무심한 것 아니냐는 이의를 제기했습니다. 부모가 '무심'하기 위해 얼마나 큰 인내심을 발휘하는지 작은딸은 모릅니다. 때로는 무심한 것이 더 짙은 감정이라는 사실을 말입니다.

예전 같으면 수종과 수형, 심을 위치에 대해 엄격하게 간섭하고 시비를 하다가 결국은 내가 모든 것을 결정하는 수순이었을 것입니다. 지금 딸은 살아 있는 한 끊임없이 겪을 판단과 선택을 홀로 하는 독립을 훈련 중이고 아내와 나는 간섭하고 싶은 욕구를 억누르는 인내를 연습 중입니다. 아내는 잔소리를 하고 싶은 욕구를 참기 어려울 때 쑥뜸을 뜹니다.

나무 식재를 마친 딸이 방에서 찍은 사진을 보냈습니다. 청단풍 가지 위에 직박구리가 찾아와 쉬고 있었습니다.

✽　아내는 산이 좋아 북한산이 올려다 보이는 곳으로 거주지를 옮겼고 인근 대학의 약대 약초밭이 좋아 다시 건너편 이층집으로 이사했습니다.

지난겨울 자전거 여행을 다녀오는 동안 약초밭은 완전히 다른 모습으로 바뀌어 있었습니다. 매끈하게 조경이 되고 '키친가든'이라는 팻말이 세워졌습니다. 산수유나무들은 온데간데없고 큰 은행나무 몇 그루도 사라졌습니다. 사유지의 용도 변화에 시비를 할 권한은 없지만 약초밭이 이사의 큰 이유이기도 했던 아내는 이 변화가 무엇을 의미하고 앞으로 또다시 어떤 변화가 일어날지 몰라 불안해했습니다.

결정적으로 아내를 낙담하게 한 일은 집 옆 아름드리 은행나무 밑동의 큰 상처를 발견하고부터입니다. 이 나무는 이미 심하게 전지가 되어 거의 모든 가지를 잃은 것에 더해 밑동이 톱질과 도끼질로 수피가 벗겨져 뿌리부터 물과 양분이 흐르지 못해 고사할까 염려했습니다. 수십 년을 함께 살아온 나무를 죽여야 할 이유가 궁금하던 터에 집 아래 남아 있던 산수유나무를 뽑는 중장비 소리가 들렸습니다. 꽃봉오리를 막 터뜨리려고 할 때였습니다. 책임자에게 그간의 궁금증을 물었습니다.

"텃밭을 조성하는데 남은 산수유는 그대로 둔답니다. 은행나무를 손상한 사람을 알지 못하지만 수액이 오르는 변재는 그대로라 죽지 않을 겁니다."

아내는 나무에 접근을 허락받아 상처 난 부위에 새살이 자라고 있는 것을 확인하고 안도했습니다. 나무 훼손은 방치된 땅에 경작을 하던 사람들이 작물에 그림자가 생기지 않게 하기 위해서라 짐작하고 있었습니다.

매일 나무의 안부를 살피는 아내를 유난스럽다고 여긴 한 분이 말했습니다.

"온 산에 모두 나무인데 나무 두 그루가 죽는 것이 그렇게 가슴 아픈가요?"

아내도 질문으로 대답을 대신했습니다.

"나무도 자식인데 여러 자식 있다고 자식 둘 다치는 것이 대수가 아닌가요?"

아내의 시간

✻　아내는 지난해 여름, 북한산 둘레길을 걷다가 한 암자에 발길이 닿았고 그곳에서 불화를 작업 중인 분들을 만났습니다. 그중 한 분이 화실을 낼 예정이라는 말을 듣고, 첫 번째 수강생이 되었습니다. 민화만으로도 충분히 즐거웠습니다.

겨울이 끝날 즈음 함께 개설된 스케치 수업에 마음이 갔습니다. 일주일 중 하루를 그것에 할애했습니다. 첫 번째 수업을 다녀온 아내가 스케치북을 내려놓으며 말했습니다.

"어떤 것을 이렇게 오랫동안 바라본 것은 처음이네요."

붕어빵을 그리기 위해 2시간쯤 바라보았다고 했습니다.

얼마 뒤 계단에서 지난겨울 한파에 노출되어 겨우 살아난 가자니아 화분을 1시간이 넘도록 바라보다가 말했습니다.

"그리기의 70퍼센트는 바라보기래요."

멸치를 그리고 온 날 말했습니다.

"흐르다가 피라미도 붕어도 만나고, 또다시 흐르다가 멸치도 조기도 만나고…."

은퇴 뒤 몇 달이 흘렀습니다. 계획대로라면 지금쯤 영국의 아들에게로 날아가 영국의 노신

사들과 이웃해 살아 보는 영국살이를 시작했을 것입니다. 코로나19는 남미 자전거 여행, 필리핀 어학연수, 동남아 배낭여행 실습을 강행하며 2년 전부터 준비해 왔던 계획을 좌절시켰습니다.

아내는 은퇴 후 가장 젊은 시간이 하릴없이 흐르고 있는 것에 탄식하는 대신 물처럼 흐르기로 마음을 고쳐먹었습니다.

아내의 노트

퇴직만 하면 나라 밖으로 떠나려고 했던 계획이 팬데믹으로 막히자 이 그림 공부는 색다른 세계로 나를 이끌었다. '신은 한쪽 문을 닫으면 반드시 다른 쪽 문을 열어 주신다'는 말을 더욱더 신뢰하게 되었다. 그림을 수행과 놀이의 여행으로 생각하니 그리는 것 자체가 행복이다.

아이들이 모래 놀이터에 가는 것처럼 책상 앞에 앉게 된다. 모래 놀이 하는 아이의 마음이 되어 모란꽃을 채색하다 보니 여러 의무의 시간을 돌아 마침내 내 삶에 꽃이 핀 것을 알겠다.

✳   내가 기억할 수 없는 아내의 과거가 발견되어 당황스러웠습니다. 행위는 있었지만 그 사실이 완전히 망각 속으로 사라진 일이었습니다. 일순 두려움이 스쳤습니다. 얼마나 많은 것이 그 망각의 늪으로 사라졌는지 알 수 없는 일입니다. 두려움은 알지 못하는 영역 속 존재에 대한 것입니다.

나는 아내를 만나기 전부터 사진을 찍었고 사진은 기억과 현상의 탐구, 심미적 활동의 도구였습니다. 아내와 사랑에 빠진 뒤부터 아내는 내 중요한 피사체의 일부가 되었습니다. 내 기억은 거기까지였습니다.

하지만 최근 발견한 사진 속 아내는 피사체가 아니라 사진가의 모습이었습니다. 사진을 아내에게 보여 주며 기억을 상기시켜 주길 요구했습니다.

"2010년쯤 조계사에서 불교 공부를 할 때네요. 경전 공부를 함께하는 분 중에 사찰 사진만 찍는 사진가가 계셨고 그분이 지도하는 사진동호회가 있다는 것을 알게 되었죠. 그때 조계사 사진반에 들어가 사진을 배웠었죠. 과제를 찍어 가야 했고, 한 과정이 끝날 때마다 서울과 경기도 인근으로 출사도 함께 갔죠."

"기억이 살아났어요. 그때 그 일을 핑계로 나는 카메라를 더 높은 사양으로 바꾸고 내 카메라를 당신에게 주었던 것 같군요. 얼마 동안이나 활동을 했었나요?"

"1년 남짓 동호회 활동을 한 것 같아요."

"그런데 왜 계속하지 않았지요?"

"사진을 시작한 목적을 달성했기 때문이죠."

"그 목적이란?"

"당신이 왜 그토록 오랫동안, 그렇게 열심히 사진을 찍는지 궁금해서였지요."

"그래서 그것을 알게 되었나요?"

"그럼요. 충분히 그럴 만하다 싶었어요. 피사체를 더 깊이 이해하고 더 사랑하는 데 사진이 도움이 될 만했어요."

"그런데 당신은 왜 사진을 계속하지 않았나요?"

"내가 당신을 더 이해하고 더 사랑하기보다 당신이 나를 더 이해하고 더 사랑하는 것만으로도 충분하다 싶었던 거죠."

아내의 노트

남편은 오랫동안 사진을 찍어 왔고, 나는 이제
그림을 그리기 시작했다.

남편은 프레임 속에서 무엇을 뺄지 고민하고,
나는 텅 빈 도화지 속에 무엇을 담을지 고민한다.

뺄 것을 염두에 두니 더하지 않는 마음이 좀
쉬워졌다.

✻ 　트레킹을 떠났던 아내가 봉평에서 메밀찐빵 한 박스를 들고 돌아왔습니다. 먼저 아랫집과 길 건너 이웃에게 찐빵 몇 개를 담아 가서 돌아왔음을 알리고 나와 마주 앉았습니다.

"새로운 일을 시작한 선옥이에게도 택배로 한 박스 보냈어요."

선옥이는 아내의 고등학교 단짝이자 내 이종사촌 동생입니다. 아내와 내가 맺어질 수 있었던 징검다리였지요. 동생은 여행사 경영으로 경제적으로도 사회적으로도 충만했던 생활이 코로나19로 타격을 입자 새로운 사업을 시작해 이번 봉평 트레킹에 함께하지 못했습니다.

아내는 메밀가루와 메밀부침가루를 사 왔다고 했습니다.

"메밀묵과 메밀배추전을 해드릴게요. 봉평에서 나 혼자 맛있는 것을 먹으니 서울에 남은 당신 생각이 간절해졌어요."

아내의 마지막 말의 신빙성에 의문이 들었습니다.

"사실이오?"

이 질문의 대답을 통해 불필요한 것에 대해서는 진위 여부를 구태여 물을 필요가 없다는 후회와 교훈을 함께 얻었습니다.

"부처님의 가르침 중에 아무것도 가진 게 없는 사람도 베풀 수 있는 일곱 가지가 있다고 했어요. 그중에 언시言施는 말만으로도 베풀 수 있다는 거예요. 나는 말 중에 가장 좋은 말은 상대가 듣고 싶은 말을 해 주는 것이라고 생각해요."

✳︎ 아내의 소유에 대한 기준은 없음으로써 있음을 누리자는 것입니다. 결국 가벼워지고 가벼워져서 돌아올 수 없는 길을 떠나야 할 때 버리고 갈 것조차 없음에 도달하길 원합니다. 부모님이 모두 떠나고 아이들도 각자의 역할을 할 수 있게 되었을 때, 아내는 나를 떠나 혼자 살기를 택했고 혼자 사는 동안 소유에 대해서도 경쾌해지고 싶어 했습니다. 더불어 혼자 있는 시간이 절실한, 그렇지만 그럴 형편이 아닌 사람에게 하룻밤 혹은 이틀 밤을 혼자 누려볼 수 있도록 자신의 공간 일부를 제공하기도 했습니다.

현재 우리가 겪고 있는 재앙의 주된 원인은 두 가지라고 생각합니다. 인간에 의한 지구 자원의 독점과 남용입니다. 독점이 탐욕의 결과라면 남용은 허영의 결과로 생존과는 전혀 무관한 것입니다. 소비에 대한 태도를 바꾸는 것만으로도 개선할 수 있는 문제입니다. 이것은 이제 윤리의 문제를 떠나 '지속 가능한' 삶을 위해 선택을 피할 수 없는 막다른 시점에 다다랐습니다.

지난해 모티프원의 수건과 시트를 교체했습니다. 사용과 위생에는 문제가 없지만 사용감 때문에 새것으로 바꾸면서 쓰던 것을 재활용 쓰레기로 분류해 내놓았다가 아내에게 혼이

낳습니다.

"아니, 내가 사는 동네분들에게 갖다 드리면 잘 쓸 수 있을 텐데요."

아내가 그것들을 가져다가 골목 삼거리에 펴 놓으니 동네 어른들께서 순식간에 모두 가져 가셨다고 합니다. 그렇게 이 동네에는 적지 않은 분들이 모티프원 로고가 박힌 수건을 쓰고 있습니다.

아내가 사용하고 있는 민화용 붓과 물감 일부는 한 부인께서 보내 주신 것입니다. 은퇴 뒤 새로운 도전으로 민화를 공부하겠다는 사연을 읽고는 메시지를 주셨습니다.

"민화 하시는데 물감과 모든 붓을 구입하셨는지요? 보통 처음 시작하면 붓만 사고 물감은 화실에 비치된 공동의 것을 쓰기도 해서요. 저도 명퇴하고 5년 전부터 민화를 시작해 3년간 모든 도구와 재료를 다 준비했습니다. 그런데 2년 전부터 명상을 시작하니 시간이 맞지 않아 민화를 그만두었습니다. 물감이 아까웠는데 혹시 개인용 물감 필요하시면 보내드릴까 하고 연락드립니다."

아내는 중고거래 플랫폼을 통해 회사에서 받은 청소기나 더는 쓸 일이 없는 소파 등도 소액이나 무료 나눔으로 새로운 주인을 찾아 주었습니다. 동거를 시작하면서 필요해진 살림도 같은 방식으로 찾았습니다. 가스레인지가 없었습니다. 이웃집 할머니께서 주신 전기냄비를 쓰다 식구가 늘어 압력밥솥으로 바꾸며 가스 사용이 필요해졌고 잠시 주인집 휴대용 가스버너를 빌려 쓰다가 동거가 길어질 것이 확실해지고 나서 가스레인지를 들이는 편이 편리함과 에너지 효율에서 유리하다는 판단이 들었습니다. 아내는 2구 가스레인지를 동일한 플랫폼에서 만났습니다. 전 주인은 자취를 했던 졸업생이었습니다. 대학교 재학 중 사용했는데 취직해 회사 기숙사에 들어가며 필요 없어졌다 합니다.

아내와 나의 서로 다른 생활 주기 때문에 필요한 것도 생겨났습니다. 일찍 취침하고 일찍 기상하는 아내는 그 반대인 나로 인해 천장 조명 아래에서 잠드는 것을 힘들어 했습니다. 하지만 13년 만의 동거에서 한 침대 사용을 포기하고 싶지도 않았습니다. 아내가 제안한 해결책은 스탠드를 들이는 것이었습니다.

플랫폼에서 적당한 플로어스탠드를 발견했습니다. 스탠드를 가지고 들어오는 아내는 기쁨을 감추지 못했습니다.

"아 글쎄, 엄마와 여섯 살 딸이 함께 스탠드를 들고 나왔어요. 왜 더 이상 필요하지 않은지, 어떻게 사용하는지 딸이 상세히 설명해 주었어요. 그 뒤로도 자기에게 오늘 무슨 일이 있었는지 얘기를 이어갔어요. 얼마나 똑똑하고 귀여운지 나도 헤어지고 싶지 않았죠. '빨리 가셔서 불을 켜 보고 싶을 테니 이제 그만 보내 드리자'라고 엄마가 부탁을 하자 손에 쥐고 있던 것을 내게 내밀었어요. 편지와 선물이었죠. 내 평생 이보다 더 기분 좋은 거래는 앞으로도 없을 것 같아요."

사탕 봉지에 무지개 테이프로 붙인 편지는 아이와 엄마의 손 글씨였습니다. 나는 미래를 구원할 소중한 기도문인 양 내 서쪽 성벽에 붙여 두었습니다.

"선물! 아이가 손님 오시는데 간식 선물 드리고 싶다고 하여 조금 챙겼습니다. 달달한 간식 드시고 오늘 하루 힘내세요! 사용하던 물건이 새 주인 찾아가는 기분이 특별하네요. 예쁘게 사용하세요."

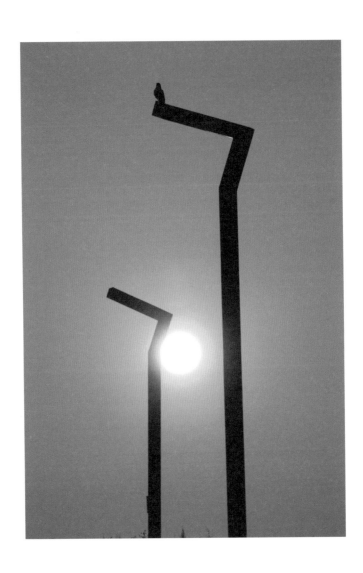

❋ 　매섭던 날씨는 가랑비가 이틀 내린 뒤 푸근해졌습니다. 북한산 모습이 궁금해 창밖으로 시선을 옮겼습니다. 안개에 휩싸인 산은 완전히 지워져 존재조차 알 수 없습니다. 긴 골목의 끝도 반쯤은 지워진 상태입니다. 그 적막의 골목을 걸어오는 어깨 처진 아주머니 한 분이 눈에 들어왔습니다. 흔들림이 없는 왼손에는 두부가 담긴 흰색 비닐봉지가 들려 있습니다. 검게 젖은 길바닥은 흰색 두부 한 모를 더욱 도드라져 보이게 합니다.

한참 뒤 골목에 다시 두 분이 등장했습니다. 부부로 보이는 할아버지와 할머니였습니다. 두 분은 긴 골목을 느리게 걸어오는 동안 한마디의 대화도 없습니다. 할머니의 시선은 줄곧 지팡이를 짚은 할아버지 쪽으로 향했습니다. 오른손에는 무 하나가 담긴 흰색 비닐봉지가 들려 있습니다. 침묵까지 얹힌 무 봉지는 훨씬 무거워 보입니다.

마을버스 한 정거장 거리에 백운시장이 있습니다. 며칠 만에 시장에 가면 대개 이것저것 사기 마련이지만 이 동네 사람들의 장보기는 이렇듯 딱 한 가지씩입니다.

중산층 이하의 노인 주민과 일용직에 종사하는 1인 가구가 태반인 동네의 성격상 이유를 두어 가지 유추할 수 있습니다. 하나는 무와 고등어를 함께 사거나 두부와 돼지고기를 같이 살 여유가 없다는 것입니다. 다른 하나는 독신 가구이거나 노인 부부 가구가 대부분으로 두 가지를 사도 그것을 먹을 사람이 없다는 것이지요. 아내에게 내 짐작을 말했습니다.

"두 가지 모두이지 싶어요. 보다시피 앞집도 그 옆집도, 그리고 이 집 주인집도 모두 노인 두 분이지요. 길 건너 집은 혼자 계시던 할머니가 작년에 돌아가시고는 빈집이 되었고 그 뒷집은 수년간 빈집으로 있다가 구청에서 수용해 주민을 위한 공영주차장으로 만들었고요."

"하지만 생선 한 마리 돼지고기 한 근 사는 것이 어려울 만큼 여유가 없을까요?"

"그 말을 하는 것을 보니 당신은 가난해 본 적이 없다는 거예요. 우리가 살고 있는 이 집에 어떻게 내가 왔는지 모르지요? 맞은편 연립주택 반지하에 살면서 북한산을 집 안에서 볼 수 없다는 것이 참 아쉬웠어요. 그런데 이 집 대문에 '2층 월세 놓음'이라고 써 붙여 놓은 거예요. '저 집으로 옮기면 눈만 들면 북한산을 볼 수 있을 텐데…' 싶었어요. 보증금 2천만 원에 월 35만 원으로 월세 부담도 적었고. 하지만 이사가 엄두 나지 않아 며칠 고민하는 사이 전단지가 사라졌어요. 세가 나갔냐고 주인 할아버지께 여쭈었더니 지하에 혼자 살고 계신 분이 올라가기로 했다는 거예요. 그런데 4주쯤 뒤에 다시 전단지가 붙었어요. 할아버지께 까

닭을 물었죠. 올라오기로 한 일이 없던 일로 되었다 합니다. 지하방 아저씨의 어머님이 갑자기 입원하셔서 보증금을 수술비로 써야 해서 그리되었다는 거예요.”

“그렇게들 여유가 없구나.”

“우리도 신혼 때 달동네를 전전했지만 동네 각각의 사정은 알 수 없었지요. 당신도 바쁘고 나도 바빠서 이웃사람들과 얘기를 섞어 볼 기회가 없었으니. 저 안쪽 연립주택 지하에 홀로 살던 할머니는 작년에 이사를 가셨어요. 3년 전에는 2층에 살고 계셨는데 시세가 올랐다고 보증금을 2000만 원에서 4000만 원으로 올려 달라고 했대요. 따로 살고 있는 아들도 형편이 좋지 않아 갑자기 2000만 원을 만들 수 없으니 그 가격 그대로 지하로 옮겼어요. 그런데 작년에 다시 지하의 보증금을 올려 달라고 하니 어쩔 수 없이 떠난 거지요. 아들 집으로 합쳤는지…. 그런 형편에는 두부 한 모에 고등어 한 마리 더 사는 것도 망설여질 수밖에 없지요.”

환경이 사람을 만드는지 아내의 장보기도 이곳 할머니들의 기준과 동일해졌습니다.

“우리도 마음을 다잡을 필요가 있어요. 어제도 두부 한 모에 배추 한 포기, 부추 한 단, 오징어 한 마리까지, 이렇게 무절제하게 장을 봐서야 되냐고요.”

✳ 13년 만의 동거이지만 아내와 마주하는 시간은 식사 시간이 모두인 경우가 태반인 나날입니다. 아내는 생업의 시간, 정해진 출퇴근을 엄수해야 하는 동안 보류했던 것들로 출근을 하지 않아도 되는 시간을 촘촘히 채우고 있습니다. 민화와 스케치 수업, 자전거 여행과 인문학 모임, 등산과 생태 공부, 자매들끼리의 추억여행, 연극 보기, 동네 어르신들과의 대화 등 일주일 내내 스케줄이 빼곡합니다.

내 끼니는 내가 해결하는 연습을 13년 동안 해온 터라 여성의 자기 활동에 가장 큰 걸림돌인 남편 식사 챙기기에서 자유로운 만큼 아내의 활동은 당일에서 보름까지, 제주에서 DMZ까지 시공간에 얽매일 필요가 없습니다.

활동이 한 가지 더 늘었습니다. 연극놀이 문화예술 교육 프로그램입니다. 하루 3시간씩 30회의 수업과 협업을 통해 최종적으로 하나의 공연을 만들어 시연해 보는 것입니다.

그림을 그리고 연극을 만드는 일은 자신을 타자의 시선으로 관찰하는 일이며 타인과 사회를 이해하는 방식과 태도에 대한 공부란 점에서 아내는 똑같이 흥미를 보였습니다. 식사를 마치고도 긴 시간, 수업의 재미에 대해 말했습니다.

"3회차 수업의 '서로를 알아가기'에서 일곱 명이 각자 자기에 대해 발표했어요. 영감, 능력과 특기, 창의성과 놀이, 두려움, 신념 등 다섯 가지를 주제로 자신에 대해 말하는 것이었어요. 먼저 선생님이 자기 얘기를 충분히 하며 발표 방법을 보여 주었어요. 각자 자기 얘기를 하는 것만으로 3시간이 모자랄 정도였습니다. 40~60대의 미혼과 기혼의 여성들인데 모두가 얼마나 단단하고 개성이 뚜렷한지! 무서움을 많이 타는데 공포영화를 즐기는 분, 디자이너인데 아이디어가 막히면 꿈으로 영감을 얻는 분, 자격증이라는 자격증은 거반 다 땄는데 남편의 만류로 아직 한 가지도 활용해 보지 못한, 하지만 여전히 또 다른 도전을 하는 분, 사람의 마음을 읽는 능력과 유머감각이 있어서 늘 주인공으로 살아오신 분인데 이제는 다른 사람을 주인공으로 만들어 주고 싶다는 분, 세 자녀가 모두 결혼한 뒤 살림을 정리하고 모델하우스처럼 심플하게 살고 계신 분….."

"당신은 어떻게 소개했나요?"

"이웃으로 살고 있는 사람끼리 어떻게 잘 소통하며 지낼 수 있을지에 관심이 많다. 그래서 앞집, 뒷집, 옆집 분들을 수시로 찾아가고 볼 때마다 말을 붙인다. 남편과 자식들과 어떻게 잘 지낼지를 생각한다. 동네 골목골목을 걷고 동네 어르신들과 대화하며 영감을 얻는다. 운전 중에 문득문득 아이디어가 떠오른다. 특히 관계에 창의성을 발휘하려고 애쓴다. 대화와 독서가 놀이이다. 특별한 능력이나 특기가 없다. 그럼에도 능동적이고 긍정적이고 추진력과 자신감이 있다. 등반과 운동을 좋아한다. 이 모든 것을 하나로 섞는다면 '저돌적'이라고 할 수 있겠다.

3년 전 한 모임에서 남미 자전거 여행을 갈 사람은 손을 들라고 했다. 이때가 아니면 안 된다고 생각해 나는 손을 들었다. 자전거는 40여 년 타 보지 않았고 직장 휴가를 낼 수 있을지도 확실치 않았다. 더구나 해발고도 3000미터 이상을 달릴 체력이 될지도 고려하지 않았다. 간다고 마음을 정하자 일사천리로 장애들이 해결되었다. 장기 휴가가 받아들여졌고, 자전거를 샀다. 자전거를 끌고 파주의 논두렁길, 밭머릿길로 아침에 나가 어두워져서 돌아왔다. 넘어지면 다리 부러지기밖에 더하겠나 싶었다. 최악의 상황을 설정하고 그래도 괜찮다면 실행한다. 텐트를 사서 아라뱃길 캠핑장에서 밤을 지내보기도 했다. 그 무모함이 내 생애 가장 찬란한 2018년을 만들어 주었다. 퇴직하자마자 서울-부산을 자전거로 종주하고 제주도를 일주하고 추자도에서 홀로 지냈다.

두려움은 없다. 어머님이 돌아가시자 든 생각은 '이제 내 차례구나'였다. 내 마지막 무대가 시작되었다는 생각이었다. 하지만 엄마처럼 치매에 걸리지 않고 내 온전한 정신으로 살다가 죽어야겠다고 다짐하고 노력을 시작했다. 남편, 자식들과 잘 지내고 있지만 혹시 혼자가 되어도 잘 살 수 있다고 확신한다.

신념은 거짓이 아니라 진짜 나로 사는 것이다. 나 자신에게 떳떳한 사람이 되고 싶다. 더불어 화를 내지 않고 사는 것이다. 15년 전쯤에 <비폭력 대화>라는 책을 읽고 사람에 대한 두려움이 사라졌다. 책에는 인질범과의 대화로 인질들을 모두 살려 내는 사례가 소개되어 있다. 내가 상대를 어떻게 대하고 어떻게 말하느냐에 따라 상대가 달라질 수 있는 것이다.

우리 다음 세대에 과연 어떤 상태의 지구를 물려줄지도 의문이다. 그러려면 어떤 삶을 살아야 할까 하는 고민이 작년에 <2050 거주불능 지구>를 읽고 더 깊어졌다. 뭐 이런 내용으로 말한 것 같아요."

아내의 발표 내용을 듣고 나도 전혀 몰랐던 아내를 알게 되었습니다.

✳ 뒤어금니 하나를 발치했습니다. 몸에 분화구가 생긴 것 같습니다. 어차피 몇 년 전부터 통증이 있어 사용하지 않았습니다. 없이 살아 왔으니 복원하기보다 없이 사는 일에 익숙해져야겠다 생각했습니다. 앞으로도 하나 둘 떠나보내는 일에 더 익숙해져야 할 필요를 절감하고 있습니다.

동행한 아내가 말했습니다.

"민화 선생님의 선생님을 함께 방문했을 때였어요. 금광복 선생님은 중간중간 무늬가 지워진 옛 수렵도를 복원하고 계셨지요. 사라진 부분을 어떻게 복원하는지 궁금해서 물었습니다. '큰 문제는 없어요. 전체를 보면 알 수 있습니다'라고 하시더라고요. 한 분야를 외길로 평생 연구하고 연마해 오신 분이니 좌우를 보면 사라진 부분의 그림 형태도 훤하게 꿰뚫을 수 있는 경지가 되셨구나 싶었어요. 이제 우리는 없는 것을 탓하기보다 있는 것에 감사하며 살아야 할 나이예요."

"옳은 말이요. 어금니 하나와 작별했을 뿐이니 금 선생님처럼 있는 것을 통해 없는 것을 다룰 수 있어야지요. 연극에 '소격효과'라는 기법이 있어요. 이 개념을 주창한 독일의 희곡작가

브레히트는 극 중간에 배우가 관객에게 말을 걸게 하여 관객의 몰입과 감정이입을 부러 방해하는 겁니다. 극중 현실과 비판적 거리를 취하게 만들어 극을 객관적으로 보게 하는 거예요. 나는 때때로 이 소격효과를 내 삶에 적용해 왔어요. 아무리 기쁜 일이 있어도, 아무리 절망적인 일이 있어도 브레히트의 작품에서처럼 내가 나 자신에게 말을 걸어요. '이 또한 곧 막을 내릴 연극일 뿐임을 알지?'라고. 그렇게 현실과 심리적 거리를 두면 훨씬 수월하게 그때를 지날 수 있었어요. 당신을 만났을 때도, 당신과 태평양을 사이에 두고 떨어졌을 때도…."

"지금 이 병원에서 태평양까지? 너무 멀리 가는 거 아닌가요?"

✳   늦은 오후였습니다. 거실에서 그림을 그리고 있던 아내가 비명을 질렀습니다. 무슨 사고인가 싶어 방문을 차고 나갔더니 아내가 큰 접시와 사발을 받아 들고 어쩔 줄 몰라 했습니다. 묵나물과 물김치였습니다.

"내일이 대보름이래요. 아랫집에서 이렇게나 여러 가지를 가져오셨어요."

날짜와 요일을 챙길 필요가 없어진 게 은퇴의 가장 큰 편리함입니다. 우리 부부는 그 편리함에 젖어 살았습니다. 양력의 날짜도 잊고 사는 사람에게 음력 날짜를 꼽을 일은 더욱 없었으므로 정월대보름이 언제인지 알 턱이 없었습니다.

저녁 식사를 막 마치고 전화를 받은 아내가 대문으로 나갔습니다. 이번에도 아내의 양손에는 접시가 들려 있었습니다. 또다시 묵나물과 오곡밥이었습니다.

"앞집에서 들고 오셨네요."

보름날 이웃집 오곡밥과 갖은 나물로 식사를 즐겼습니다. 아내의 친구가 가져온 땅콩으로 부럼을 깨물고 귀밝이술까지 한잔하고 나서 아내에게 물었습니다.

"날짜도 몰랐던 우리가 이렇게 대보름에 맞추어 오곡밥에 갖은 나물까지! 이런 호사는 대체 누구 때문일까요? 아무리 생각해도 내가 잘한 일은 기억에 없는데. 설날 영국에 있는 아들이 떡국을 끓여 같은 처지의 유학생과 외로움을 나누었다더니 그 때문일까요?"

"작은 선을 베풀었다고 바로 돌아온다면 은행의 대부게요."

"그럼 이유가 뭐란 말이오?"

"나는 알아요. 어제 스케치 수업 화백님과 그림을 그리는 중에 대화를 나누었어요. 주로 선사의 어록이나 역사서를 빌어서 말씀하기를 즐기시는데 '백만금으로 집을 사고 천만금으로 이웃을 산다'라는 말씀을 하셨어요. 좋은 이웃과 더불어 사는 것이 중요하다는 말씀이었죠. 내가 이웃 볼 줄을 좀 압니다. 그 덕이에요."

✳ 11년 전, 아내가 출가를 선언한 적이 있습니다.

아내에게 특별한 종교가 있는 것은 아닙니다. 공부와 수행의 방법으로 조계종단에서 운영하는 불교대학이라는 곳에 등록하고 열심히 출석했습니다. 불교수행법과 불교경전에 바탕을 둔 과목을 학습하면서 스스로에게 알맞은 공부라고 여겼습니다. 때로는 고등학생 아들도 동행하곤 했습니다.

"엄마, 학교에서는 왜 이런 것을 가르치지 않지요?"

학교의 입시 공부에 반감을 가지고 있었던 아들도 공감할 만한 쉽고 유익한 내용에 아내는 점점 더 빠져들었습니다. 그러던 중 아내에게 문자가 왔습니다.

"출가를 하고 싶습니다. 나이 때문에 더 늦기 전에 단안을 내려야 합니다. 서울에서 아이들과는 상의를 했어요. 큰딸은 '신중할 필요가 있지만 이제 동생들이 다 컸으니 고려해 볼 수 있겠다'는 입장이고, 둘째 딸은 '엄마의 인생이니 엄마가 하고 싶은 대로 하라'고 말했고, 막내는 '그것은 가족이 해체되는 것과 다름없으니 안 된다'고 얘기했습니다. 당신과 상의해서 올해 말까지 결정을 내리고 싶습니다."

벼락을 맞은 느낌이었습니다. 아내가 의사를 번복하기까지 애가 탔습니다. 많은 사람이 임제선사의 '할(喝, 참선자를 인도할 때 꾸짖는 스승의 고함소리)'이 되어 주었습니다.

"불교의 가르침은 자신의 마음을 청정하게 하여 이 세상의 모든 이치에 통달하여 진리의 자리를 깨닫는 것이 목적이므로, 이러한 마음을 내어 자신의 잘못된 생각과 마음과 행동을 바르게 고쳐 나가면 어느 곳에 있으나 그곳이 청정도량입니다. 따라서 가정이 도량이고 직장이 도량입니다. 이를 처처도량이라고 합니다. 불법의 진실한 가치를 알아 마음으로 출가하면 이는 심출가라 하여 세속에서 살지만 출세간인이며 불자입니다. 부인께서는 이미 심출가 하셨습니다."

많은 사람이 수행을 위해 꼭 산으로 갈 필요는 없음을 조언했습니다. 싯다르타는 산으로 출가한 것이 아니라 많은 학자가 있는 곳으로 갔고 함께하면서 인생의 여러 문제를 논할 수 있기를 바랐음을 전했습니다.

어제 메신저 메시지를 무심코 열었다가 깜짝 놀랐습니다.

"정토경전반 1년 교육과정을 이수하였으므로 이 증서를 드립니다. −정토불교대학장"

민화 수업을 위해 서촌 화실로 간 아내가 보낸 졸업장이었습니다.

"다시 출가?"

자라 보고 놀란 가슴 솥뚜껑 보고 놀란 심경으로 가슴이 두근거렸습니다. 하지만 뒤이어 온 문자를 통해 집에 들어오고 있다는 사실을 확인하고 가슴을 쓸어내렸습니다.

"수업 끝나고 인사동에서 물감 사고 집으로 갑니다."

새벽마다 참선하며 열심히 선정을 닦고 있는 아내를 바라보는 나로서는 사문沙門이 아니라 우바니로 남아 동거가 가능한 현재의 형편만으로도 이미 큰 가피로 여깁니다.

며칠 전 아내는 머리를 감고 나오면서 무심코 내가 가장 두려워하는 말을 꺼냈습니다.

"나 삭발할까? 미용실 가기도 싫고."

삭발 얘기에 내가 왜 화들짝 손사래를 치는지 아내는 잊었을 것입니다. 예전에도 삭발을 감행해 가슴을 졸였습니다. 아내의 경전 공부 졸업장을 받고 놀란 나는 삭발만 않는다면 마음 상하는 아내의 모진 말도 '할!'로 여기며 납자의 마음으로 우바새를 살아야겠다, 결의를 새롭게 합니다. 이번에는 다행히 아내가 마음을 접었습니다.

✽   아내가 여행을 떠난 지 닷새가 되었습니다. 이렇게 오랫동안 적막하게 지낸 적이 언제였던가 싶습니다.

돌이켜 보니 내 인생에 이런 두문불출이 한 번 있었습니다. 1977년 한여름 밤, 열대야와 그보다 더 무덥고 거추장스러웠던 젊음을 다스릴 길 없어 인근 동네형의 집으로 밤마실을 갔다가 자정을 넘겨 버렸습니다. 단속이 심하다는 형의 만류를 뿌리치고 집으로 돌아가다 순찰하는 경찰에게 적발되어 야간통행금지 위반으로 경범죄 처벌 재판에 넘겨졌습니다. 통금 위반의 경우는 5천 원의 과태료가 선고되었지만 나는 예외였습니다. 판사가 내 몰골을 대면하고 장발의 죄목까지 덧붙여 주었습니다. 3박 4일 서대문경찰서 유치장에서의 두문불출은 그렇게 이루어졌습니다.

아내가 없는 아내의 방은 단출해서 서가와 책상을 제외하면 교도소 독방 같다는 생각이 듭니다. 그것을 닮은, 내가 궁극으로 도달하고 싶은 방의 모습을 지난달 목도했습니다.

아내와 광릉을 방문했을 때 내 마음을 빼앗은 것은 왕릉이나 왕후릉이 아니라 능침 앞 수복의 방이었습니다. 밤낮으로 능을 돌보고 지키는 구실아치인 수복이 머무는 집에 끌린 것은 단출함 때문이었습니다. 맞배지붕 아래 세 칸으로 구분된 오른쪽에는 부엌, 가운데는 방, 왼쪽에는 마루였습니다. 능을 바라보는 마루, 몸을 누이는 방, 방구들을 덥히는 부엌의 딱 한 가지씩 본질적 기능 외에 아무것도 덧붙이지 않은 미니멀리즘의 극치를 보여 주는 건축이었습니다. 방의 크기를 체험해 보고 싶어 관리인께 방을 열어 볼 수 있도록 양해를 구했습니다. 큰 주사위처럼 느껴지는 정육면체 공간이었습니다. 같은 크기의 정방형 마루에 아내가 누워 그 길이를 가늠해 보았습니다. 165센티미터 미만의 아내 키 정도의 사람이 다리를 뻗고 두어 뼘 정도의 여유가 있는 길이였습니다.

이런 단순 소박한 방에서의 시간이 계속되면 지난 비겁의 시간을 자책하거나 미련을 다시 욕망하는 것을 멈출 수밖에 없을 것입니다. 희망도 절망도 사라진 '여기'와 '지금'을 살면서 마침내 초연함에 도달하게 될 것입니다.

돈오입도요문론頓悟入道要門論은 깨달은 상태를 사물과 현상을 치우치지 않고 있는 그대로 볼 수 있는 경지로 설명하고 있습니다. 그 경지에 닿기 위해서는 사랑하고 미워하는 마음이 없어야 한다는 것을 전제합니다.

내 삶을 통틀어 초유의 단출한 서쪽 성벽에서 닷새 동안의 적막한 시간을 통해 마침내 무념無念·무상無相·무주無住에 도달했음을 인식하게 되었습니다. 그때 자리에서 일어나 아내가 이곳에 집을 구한 이유인 인수봉을 바라보며 커피 한 잔을 내렸습니다. 커피향이 느껴지면서 한 생각이 뒤따라 올라왔습니다.

"아내는 오늘도 전화 한 통 없군."

✻ 아내는 떠났고 나는 다시 혼자가 되었습니다.

지난 토요일 밤, 아내가 일주일간의 남도 자전거 여행에서 돌아온 직후 자전거를 덮개로 단단히 씌우고 1층 구석에 밀어 넣는 것을 보면서 아내와 함께 보낼 날들이 얼마나 오랫동안, 어떻게 펼쳐질지를 생각했습니다. 그것은 오산이었습니다. 여행을 떠나는 방법은 자전거 외에도 비행기가 있다는 사실을 간과한 것입니다.

일요일 아침, 평소처럼 아내보다 늦게 일어났을 때 아내는 여행에서 돌아오면서 사 온 모든 식재료를 한 번에 조리하고 있었습니다. 식탁 위에는 이미 가지볶음과 단호박찜, 미나리전을 완성해 두었고 가스레인지 위에서 고등어와 무를 조리하고 있었습니다.

전을 좋아하기는 하지만 아침보다는 점심이나 저녁에 식사 대신으로 가볍게 즐겼고, 평소 1식 2찬으로 식사를 했기 때문에 많은 찬이 왜 필요한지 의문이었습니다.

"아니 마치 집 나갈 사람처럼 왜 이렇게 많은 찬을 한 번에 조리하는 거요?"

아내는 되레 의아한 표정으로 나를 쳐다보았습니다.

"말했었잖아요. 두 언니와 제주도 동생에게 갈 거라고요."

그제야 보름 전에 처형과 처제에 대해 나누었던 대화가 생각났습니다.

"갈지 모르겠다고 했지, 간다고 하지는 않았잖소?"

"열흘 전쯤에 항공권 예매했다고 말하지 않았나요. 언니들에게만 얘기하고 당신에게는 얘기 안 했던가요? 나이를 먹으니 건망증 때문에 내가 나를 믿을 수 없네."

"언제 가서 언제 오기로 했나요?"

"오늘 가서 토요일에요."

"어제 시장 가방이 유난히 무겁다 했더니 다 계획이 있었던 거군요. 일주일간의 여행에서 돌아오자마자 또다시 일주일 여행이네. 제주에 특별한 일이라도 있소?"

"그럼요. 특별한 일이지요. 한 부모 밑에서 자라서 시집가 30~40년을 각자 정신없이 살다가 나이 먹고 비로소 자매들끼리 만나는 것이 특별한 일이 아니면 뭐가 특별한 건가요?"

"좋은 일이군. 그런데 왜 지금인 거요?"

"그럼, 부고를 받고 만나야겠어요?"

아내는 서둘러 소분한 찬과 밥을 냉장고에 넣고 먹을 순서를 정해 주었습니다.

"코로나 방역 때문에 평소보다 일찍 공항에 나오라는 문자가 왔네. 국내선도 탑승 수속에 시간이 많이 걸리나 보구나."

핸드폰을 보면서 혼잣말을 하던 아내는 이미 꾸려 놓은 배낭을 메고 현관을 나서면서 말했습니다.

"언니들을 챙겨야 해서 지금 바로 나가야 할 것 같아요. 이달 수도세와 전기세는 내려가면서 주인 할머니께 드릴게요. 그리고 이번에 왜 제주도에서 만나기로 했는지는 지하철에서 카톡으로 보낼게요. 그럼 끼니 걸러서 몸 축내지 마시고요."

한 시간쯤 뒤 아내에게 카톡이 왔습니다. 어떤 청년에게 보낸 편지를 복사한 것이었습니다.

"두 언니와 제주도에서 일하는 여동생을 방문해 네 자매가 시간을 보내기로 했다. 같은 집에서 함께 자랄 때는 그 시절이 영원할 것 같았지만 각자의 길을 찾아 집을 떠나자 그것은 꿈일 뿐이었다. 모두가 결혼하고 다시 한 지붕 아래로 모이기는 좀처럼 쉽지 않았다. 큰 언니가 집을 떠난 지 52년, 내가 은퇴를 하니 겨우 묻어 두었던 그 꿈이 생각나 여전히 자신의 자리를 벗어날 수 없는 제주의 막내에게로 모이기로 했다.

어릴 땐 큰언니가 제일 멋있어 보였다. 서울로 간 언니가 내려올 때 검은 뿔테안경에 하이힐을 신고 빨간 미니스커트를 입고 있었다. 유행하던 짧은 치마바지와 빨간 책가방을 내게 사다 주곤 했다. 언니가 다녀가면 가기 싫었던 학교를 어찌나 빨리 가고 싶었는지. 그날은 학교 아이들이 모두 내게로 모여들곤 했다. 그런 마법의 힘을 주었던 언니는 내게 거대한 우상이었다. 그 언니가 지금은 내가 간혹 잔소리를 해야 하는 낡은 생각에 뚱뚱한 몸을 가진 할머니가 되었다. 네 명의 동생을 골고루 챙겼듯 평생 남편과 아이들은 물론 시부모님과 시동생, 시누이까지 대가족을 돌보다 보니 지금의 모습이 되었다. 71세의 큰언니는 여전히 100세 시어머니의 며느리로 살고 있다. 언니가 시집간 이후로는 언니를 만나기라도 하면 시부모님 식사 차려드려야 한다고 허둥대며 돌아가는 뒷모습만 내게 남아 있다.

작은언니는 지금도 음식 솜씨 없는 나를 위해 늘 반찬을 챙기고 있다. 그 언니는 남 퍼주는 것이 장기이다. 음식을 만들어 나눠 주는 게 그렇게 즐겁단다. 가장 큰 수혜자는 직장 핑계로 내 가족의 식사 준비도 뒷전이었던 나와 우리 가족이었지. 김치뿐만 아니라 온갖 반찬을

늘 언니에게서 가져다 먹는 것을 아시는 고향의 시부모님은 추수가 끝나면 제일 먼저 언니 네 몫의 쌀가마니를 챙겼단다. 받고 갚고 나누는 마음이 어떤 것이라는 것을 나는 언니 부부 와 시부모님을 통해 알 수 있었다. 제주의 봄볕 속을 우리 네 자매가 함께 걷고 얘기하는 시 간을 갖기 위해 항공권을 예약하는 어젯밤 나는 몹시 들떴단다."

✽   아내가 화분을 들고 들어와 내 책상 위에 놓았습니다.

"우리의 동거 6개월 축하 선물이에요. 막 핀 치자꽃입니다. 사흘 전 봉오리가 한껏 부풀었고 매일 향기를 맡으면서 꽃 필 날을 기다렸죠. 이렇게 당신의 왼쪽에 두면 바람이 들어올 때마다 당신을 황홀케 할 거예요."

"봉오리도 향기가 질다던 그 가드니아?"

"맞아요. 치자는 봉오리 때부터 이미 향이 발걸음을 멈추게 해요. 꽃은 얼마나 더 질은지. 우리의 6개월 갈등 없는 동거를 축하하는 데 부족함이 없을 향입니다. 물론 당신은 아가씨의 분 내음 같다는 생강나무 꽃향기를 제일 좋아하는 것을 알지만 생강나무꽃은 이미 우리의 40년 전 연애처럼 3월에 졌어요."

"우리의 현재는 담담하면서도 농염한 가드니아 향에 더 가깝군요."

하루의 첫 식사를 하면서 동거 6개월 얘기를 계속했습니다.

"지난 6개월 동안 큰 마찰은 없었으니 평화로운 동거였다고 할 만하겠네요?"

"순전히 당신 때문이에요."

"어찌 내 공만 있겠어요. 나의 자유를 막지 않은 당신 때문이지요."

"제주도에 세 번 갔었고, 남도 자전거 여행, 순천 귀촌댁 방문, 화천 비수구미 트레킹, 민화와 스케치 수업, 연극심리 활동, 우이령 식생 모니터링 활동, '우리마을 여행가' 활동으로 쌍문동 사람 이야기 채집, '해롤드와 모드' 연극과 피카소전 관람…. 다 나열하지 않았음에도 숨이 차군. 당신이 집에 있지 않았기 때문에 무늬만 동거였던 셈이군요."

"그러니 치자 향을 바치는 겁니다. 내가 나가는 것을 시비하지 않은 것은 물론, 함께 가지 않는 배려까지 해 주셨으니."

"새로운 꽃봉오리가 숨어 있네요. 이 꽃이 또 필 테니 스케치 여행도 더 자유롭게 다니세요. 당신과 함께 갔던 봉선사에서 이런 법어를 발견하고 마음에 담아 두었어요. '우주에 심판관은 없다. 신과 부처님은 심판하지 않는다. 다만 관찰할 뿐.' 나는 남편일 뿐이지 심판관이 아니라는 것을 당신이 집을 나설 때마다 상기한답니다."

"대부분의 종교에서는 최후의 심판이 있다고 말하고 사람들도 그것을 두려워하잖아요?"

"아, 그 법어는 다음 말이 이어져요. '심판을 통해 죄와 벌을 내리는 자는 바로 자신이다.'"

✳   아내는 행동주의자입니다. 제안 받은 아이디어나 이슈를 내가 분석하고 있는 동안 아내는 먼저 실행에 옮깁니다. 아내의 이런 특성은 리스크를 감수해야 하지만 나의 방식이라면 시작조차 못 했을 일도 해내도록 만듭니다.

내가 자주 실직자가 될 수 있었던 것도, 홀로 나라 밖을 떠도는 모험에 나설 수 있었던 것도, 내 영혼이 끌리는 일을 시작할 수 있었던 것도 안전과 안정에 연연하지 않는 아내의 성정 덕분입니다. 가족을 굶길 셈이냐, 당신만 외국으로 떠나는 일은 도피다, 가진 것이 없는데 어떻게 집을 짓지, 하고 나의 무책임과 무대책을 먼저 힐난했다면 우리 가족은 지금과는 전혀 다른 오늘을 살고 있을 것입니다.

"돈 버는 일은 자신이 없어요."

결혼 전 내 치명적인 약점을 고백했습니다. 아내는 깃털처럼 가볍게 답했습니다.

"내가 벌면 되지요!"

아내는 이 말을 일관되게 지켜 왔습니다.

아내가 정년을 맞아 마지막 근무를 끝내고 모티프원으로 온 날 밤 미리 기다리던 가족의 축하와 감사에 충혈된 눈으로 케이크의 촛불을 껐습니다. 그리고 대학병원의 신생아 중환자들을 돌보고 환자들의 영양을 챙기며 보낸 아내의 지난 시간을 함께 뒤돌아보았습니다. 아내가 말했습니다.

"내 품에 안았던 그 아기들은 어떤 어른이 되었을까요?"

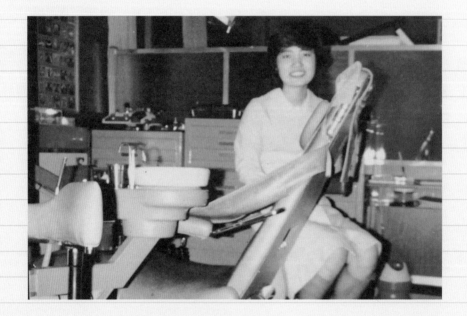

나는 당신으로 이루어졌습니다.
당신의 정년퇴임을 축하합니다.

평생을 통틀어 내게 가장 큰 행운의 날은 당신이
하숙집 창문 아래로 불쑥 나를 찾아온 날이었습니다.
평생 감사해야 할 날이 될 것이라는 것을 직감했죠.
그 날로부터 따님이 흘렀습니다. 지난날 많은 일들이
있었지만 분명한 것은 그날의 예감이 틀리지 않았다는
것입니다.

내 삶이 어찌 내 것이겠소. 온통 나 아닌 이의
피와 땀으로 이루어진 것. 당신이 대부분을 차지하지요.
당신의 퇴임에 내가 굳이 시큰한 것은 그 때문이지 싶습니다.

당신의 노고로 나는 세상에 대한 목마름을 해결 할
수 있었고 부모님을 존엄하게 보내드릴 수 있었으며
아이들이 제각각 제 색깔대로 살 수 있는 용기를
가질 수 있었습니다.

당신이야말로 '철학'의 삶을 살아왔습니다.
철학 필로소피 (Philosophy)는 본디
'지혜(Sophia)를 사랑하는(philo) 일(Philosophia)'
이라지 않소. 지혜는 경험을 성찰하는 걸라입니다.
출산하고 육아하고 어른을 모시면서도 직장을

놓지 않은 수많은 경험을 살았고 매일 108배와
명상, 독서와 토론으로 성찰해왔으니 당신의 시간은
보통 그리스인들이 생각하고 그 철학하기 였습니다.

앞으로는 더 자유롭게 더 가벼운 어깨로
당신 앞에 놓인 만유(萬有)의 사랑을 선물하는
시간을 가세요. 여백이 있는 날들을
자연의 속도로 맡깁니다. 그것이 당신이 그래왔던
철학하는 사람의 길이지 않습니다. 하늘과 땅 사이
사람의 시간을 살아가는 동안 나는 당신을
훈습(薰習)하는 사람으로 살겠습니다.

우리 가족의 오늘은 당신의 수고에 대한
온전한 빚임을 상기합니다. 당신 시간의
결들은 아름답지 않는 것이 없었소.

당신의 퇴임을 축하합니다.
그동안 수고 많았소.

2020년 10월 29일
당신이 마지막 근무를 끝내고 자유로움을 담게
내게로 온 날 밤.
앞으로도 당신 곁을 걷고 있을 남편이.

❋　모티프원에서 며칠간 머물다 다시 서울 아내의 집으로 돌아왔습니다. 워크숍에 갔던
딸이 도착하길 기다렸다 온 터라 아내 집에 당도했을 때는 자정에 가까웠습니다.
"저녁은 드셨나요?"
나를 맞는 아내의 첫 마디였습니다.
이렇게 늦어질 줄 몰랐기 때문이 아니라 헤어져 지내다 만나는 첫 끼니는 아내와 하고 싶어
식사를 미루었습니다. 고개를 젓자 아내의 얼굴이 오히려 밝아졌습니다.
"다행이에요. 당신 오면 함께 먹으려고 고기를 삶아 두었어요."

쌈 채소와 함께 돼지고기 수육을 내놓았습니다.
"고기는 찾아 먹지 않기로 했잖아요?"
"내가 기억하는 위대한 사랑의 대부분은 사회적 금기까지 어긴 것이었어요. 두 사람 사이의
규칙을 위반하는 것은 애정 표현의 가장 짙은 방식이에요."
오랜만에 일을 하고 온 나를 위한 보양이라고 했습니다. 모티프원의 청소를 홀로 감당하는

것은 이제 벅차다는 내 투정을 염두에 두었던 모양입니다.

이 늦은 저녁 식사에서 소식한다는 약속까지 어기고 말았으니 우리 부부는 두 가지를 어긴 셈이었습니다.

아내의 노트

내 은퇴 후 내 집에서 함께 지내던 남편이

헤이리로 돌아갔다.

다시 홀로 됐다.

그동안 술을 멀리하고자 하는 남편의 노력을

방해하지 않기 위해 술을 들이지 않았다.

술 한 잔도 삼가던 절제로부터 해방된 기념으로

막걸리 한 병을 준비했다. 한잔 술과 책으로 밤을

누릴 예정이다. 아무래도 술잔이 밤을 새우게

할 것 같다. 아, 홀로도 좋다!

✽ "해님에게 미안하지 않아요?"

오늘도 아침 햇살이 방안 가득할 때 아내의 목소리로 눈을 떴습니다. 나를 깨우는 아내를 올려다보면서 나와 아내는 많이 다르다는 생각이 들었습니다. 나는 한 가지 일에 사로잡히는 기질입니다. 선호가 분명하고 집착하는 성격으로 마음이 가면 그것을 성취할 때까지 잡고 있어야 합니다. 아내는 상대에게 먼저 선택권을 주는 성격입니다. 일단 누구의 선택이었든 결정되면 함께 성취를 위해 앞장서 노력합니다.

내 주장을 꺾지 않으면서 아직까지 가정이 파탄 나지 않은 것은 아내의 이런 성정 때문이라는 것이 13년 만에 다시 동거를 하면서 더 확실해지고 있습니다. 큰 다행은 내 선택의 오류에 대해서는 재론하지 않았고 성과는 거듭 고마워한다는 것입니다.

나와 같은 성격은 자신뿐만 아니라 가족들조차 힘들게 하곤 합니다. 형편과 현실을 고려하지 않은 선택이 해일이 될 때 방파제가 되는 사람은 아내일 수밖에 없습니다. 사실 방파제라는 말은 맞기도 하고 틀리기도 합니다. 주로는 내가 해일을 일으키는 동안 방파제로 가족 안전을 도모하다가 불가피한 경우는 직접 해일 속으로 뛰어들었습니다.

아침 식사를 하면서 그 생각이 밀려와 아내에게 물었습니다. 내 무모한 선택을 왜 말리지 않았는지.

"아무것도 안 하기보다 뭔가를 하는 것이 그래도 희망적이니까요. 아무것도 안 하면 상황은 점점 더 나빠질 것이 분명합니다. 뭔가를 시도한다면 더 좋아질 수도 있지요."

"그럼 당신이 함께 파도 속으로 뛰어드는 것이 두렵지 않았나요?"

"왜 두렵지 않았겠어요. 하지만 두려움은 바라보고 있으면 커지고 직면하면 사라지지요."

아내는 서둘러 설거지를 끝내고 다시 가방을 챙겼습니다.

"그제는 인왕산에 올랐고 어제는 북한산 둘레길을 걸었고 오늘은 집에서 고요와 마주하는 것이 좋지 않을까요?"

"조금 전에 그랬잖아요. 두려움은 가만히 바라보고만 있으면 더 커지고 행동하면 사라진다고요."

아내의 노트

그림을 그리다가 무심코 '더 젊었을 때

시작했었더라면…' 하는 생각이 들었다.

남편에게 그 생각을 드러냈다.

남편은 미소를 띠며 말했다.

"지금이 '적시'예요. 지금의 당신은 그때는 없었던 것을

가지고 있기 때문이에요. 시간, 경험, 스승."

젊음이 대신해 줄 수 없는 것들을 잠시 잊었었다.

펜을 들 시간과 무엇을 그릴지에 대한 경험과 이렇게

나의 의문에 답해 줄 스승이 곁에 있다는 것.

❋   스케치 수업을 마치고 오는 중이라는 아내의 전화를 받았습니다.

"수유역에서 버스를 내렸습니다. 우이천에 벚꽃이 만개했어요. 나는 우이천을 따라 올라갈 테니 당신은 우이천을 따라 내려오세요."

아내는 메시지를 전하고 내 대답을 듣기 전에 전화를 끊었습니다.

아내는 작년 벚꽃이 만발한 우이천을 따라 출퇴근했음에도 코로나19의 방역지침 때문에 우이천변 산책로가 막혀 아쉬웠고 나는 아내의 집으로 온 지 3개월이 지났지만 우이천을 1킬로미터 이상 걸어 보지 못했습니다. 아내의 일방 통보에 어깃장을 놓는 대신 순순히 집을 나섰습니다. 어둠이 내리는 이른 저녁, 우이천로 벚꽃 아래를 걷는 사람들의 표정도 한결 경쾌해 보였습니다.

우이천을 따라 걷는 동안 자꾸만 걸음을 멈추게 하는 것들이 있었습니다. 여전히 물속을 주시하고 있는 중대백로, 물 위에서 놀이 중이거나 이미 머리를 날개에 파묻고 잠을 청한 흰뺨검둥오리들. 진달래능선 아래의 소귀천 계곡물과 우이령 고갯마루에서 시작된 맑은 물이 합쳐진 우이천이 쇠오리와 비오리, 중대백로를 사람 곁으로 불러들였습니다. 사람만 사는 마을이 아닌 것이 얼마나 다행인지요.

가로등 불빛이 들어오자 흰 벚꽃의 대비는 더욱 선명해졌습니다. 그 벚꽃 아래에서 아내가 손짓했습니다. 43년 전 애인이었던 아내의 목소리가 듣고 싶어 동전을 한 움큼 쥐고 벚나무 아래의 공중전화박스에서 전화기가 그 동전을 모두 삼킬 때까지 통화를 했던 밤이 생각났습니다.
아내의 그림 가방을 받아 메고 벚꽃길을 걸어 집으로 되돌아오는 밤은 그 시절의 기억을 관통하는 일이었습니다.

당신에게,

당신에게 자주 편지를 썼었지요. 문득 왜 지금은 그러지 못하지, 하는 의문이 솟았습니다. '동거의 폐해' 같아요. 동거하는 시간이 길어지다 보니 편지를 쓸 물리적 거리를 갖지 못한 게 아닐까요. 이 말을 당신께 한다면 당신은 이렇게 말하겠지요. "별거를 하면 되지요." 하지만 편지를 쓰기 위해서 부러 별거를 늘릴 필요는 없습니다. 대신 이 책의 모든 텍스트를 당신에게 부친 편지로 여겨 주면 좋겠소. 그럼에도 이 말이 변명으로 치부될까 하여 편지로 이 책의 에필로그를 쓰기로 했다오.

당신과의 시간을 들추어 보는 동안 당신은 나와 가족의 배경이 되는 삶을 일관해 왔다는 것이 확실해졌어요.
위그 드 생 빅토르는 말합니다. '고향이 달콤하게 느껴지는 사람은 초심자이다. 어느 곳을 가도 고향처럼 느끼는 사람은 강한 사람이다.'

당신은 스스로 배경이 되어 어디에서도 고향처럼 느낄 수 있도록 나를 강하게 만들어 주었습니다. 당신을 만나기 전처럼 세상을 회색이라고만 여겼다면 세상에서 무엇을 읽어 낼 수 있었을까요. 당신은 세상이 수많은 암시로 가득한 곳이라는 것을 알게 했지요.

그의 문장은 이렇게 이어집니다. '그러나 진정 완벽에 이른 사람은 온 세상을 낯선 곳으로 느끼는 사람이다.'

이제 정년을 맞은 당신의 배경이 되고 싶습니다. 이번에는 당신이 '완벽에 이른 사람'을 향해 나아가도록 해요.

사랑에 상대의 마음에 귀 기울이겠다는 태도도 포함되어 있다면 손을 잡고 걷는 대신 각기 다른 골목을 홀로 걷는 지금의 방식도 40여 년 전 당신의 모든 것에 몰입했던 그때와 다르지 않다고 여겨요. 골목 끝에서 다시 만난 우리는 여전히 서로를 궁금해 하며 상대의 하루 혹은 며칠치 삶에 귀를 쫑긋 세우잖아요.

남편과는 다른 골목을 걸을, 아내와는 다른 식당에서 식사할 자유가 허락되는 관계는 격정이 지배했던 때는 불가능했었죠. 바람이 통하는 사이를 허락하니 고되지 않아서 비로소 세상을 우리 품 안에 담을 수 있게 된 듯싶어요. 나는 골목 끝에서 당신과 새로운 시선으로 재회하는 것이 여전히 좋으니 간섭할 필요가 없는 우리 동행을 더 계속하고 싶습니다.

고향의 가을 속으로 뻗은 길을 당신 혼자 걷는 동안 나는 하루에도 수차례 나타났다가 사라지기를 반복하는 인수봉 위의 구름을 바라보다가 당신의 이 공간에서 다시 동거를 시작할 때 당신이 했던 얘기가 생각났습니다.
"사라지는 것은 사라지게 두어야 합니다. 당신과 나에게 속한 것들, 그리고 당신과 나까지도…."
하지만 존재하는 동안은 '바다'가 됩시다. 당신이 이미 나의 바다였듯이.

43년째 당신의 연인
이안수

도서출판 남해의봄날. 비전북스 29

우리 인생의 모범답안은 정해져 있지 않습니다. 대다수가 선택하고, 원하는 길이라 해서
그곳이 내 삶의 동일한 목적지는 될 수 없습니다. 진정한 자유를 위해 용기 있는 삶을
선택한 이들의 가슴 뛰는 이야기에 독자 여러분을 초대합니다.

아내의 시간

초판 1쇄 펴낸날 2021년 11월 30일

글과 사진	이안수
고마운 분	강민지
편집인	장혜원 객원편집, 박소희, 천혜란
마케팅	황지영, 이다석
디자인	류지혜
종이와 인쇄	미래상상

펴낸이	정은영 편집인
펴낸곳	남해의봄날
	경상남도 통영시 봉수1길 12, 1층
	전화 055-646-0512
	팩스 055-646-0513
	이메일 books@namhaebomnal.com
	페이스북 /namhaebomnal
	인스타그램 @namhaebomnal
	블로그 blog.naver.com/namhaebomnal

ISBN 979-11-85823-79-9 03810
© 이안수, 2021